KB008445

공정거래위원회 4

2023년 10월 6일 초판 1쇄 인쇄
2023년 10월 12일 초판 1쇄 발행

지은이 현우
발행인 강준규

기획 이기헌 왕소현 임동관 박경무 강민구 조익현
책임편집 금선정
마케팅지원 이원선

발행처 (주)로크미디어
출판등록 2003년 3월 24일
주소 서울시 마포구 마포대로 45 일진빌딩 6층
Tel (02)3273-5135 **Fax** (02)3273-5134
홈페이지 rokmedia.com **E-mail** rokmedia@empas.com

© 현우, 2023

값 9,000원

ISBN 979-11-408-1423-7 (4권)
ISBN 979-11-408-1419-0 04810 (세트)

이 책의 모든 내용에 대한 편집권은 저자와의 계약에 의해
(주)로크미디어에 있으므로 무단 복제, 수정, 배포 행위를 금합니다.

작가와의 협의에 의해 인지는 생략합니다.
잘못된 책은 구입처에서 바꾸어 드립니다.

질 끝판왕 사망

한명그룹
김성균 본부

Contents

질 끝판왕 사망

한명그룹
김성균 본부

8년의 담합 (2)

"바쁜데 뭘 찾아왔어? 전화 주면 내가 갔을 텐데."

"얼마나 먼 거리라고. 커피 한잔 얻어먹을 겸 왔어."

사흘 뒤.

카르텔조사국 심 과장이 종합국을 방문했다.

"참. 축하가 늦었네. 올해의 공정인상 자네들이 탔지?"

"우리들은 뭘. 우리 국에 있는 팀장이 탔지."

"그게 그거 아닌가. 하여간 오 과장 일 욕심은 알아줘야 돼. 매사 열심이니 그런 팀장도 키워 낸 거 아니야."

"너무 비행기 태우지 마. 카르텔조사국은 이미 세 번이나 탄 거 우리 겨우 한 번 받은 거야."

서로 덕담을 건네며 웃었지만 분위기는 그 어느 때보다 차

가웠다.

본래 어려운 얘기일수록 많은 공치사가 필요한 법이다.

한동안 주거니 받거니 하던 심 과장이 찻잔을 내려놨다.

"다름 아니라 종합국에서 준 담합 제보 때문에 그러는데, 철강사들."

"응."

"이거 꼭 해야 하나?"

오 과장도 찻잔을 조심히 내려놨다.

"왜, 우리가 넘긴 자료가 너무 부실해?"

"대강 우리 분위기 알잖아? 작년에 이 사건으로 크게 한 번 실패했다는 거. 내부에서 모두 쉬쉬하는 분위기네."

"자네는?"

"나도 크게 다르지 않아. 부담스러운 게 사실이야."

제보를 덮어 달라.

납득할 수 없는 부탁이었지만 그 심정엔 공감이 갔다.

작년에 실패한 수사가 타 부처를 통해 다시 도착했다. 심 과장 입장에선 꼭 감사를 당하는 기분일 것이다.

"너무 직설적으로 말했나. 듣기 불편했다면 미안."

"아니야. 우리가 실패한 수사를 카르텔국에서 다시 가져왔으면 마찬가지로 불편했을 거야."

"이해해 줘서 고맙네."

"그래도 그냥 덮기엔 사이즈가 너무 커. 제보 내용대로라면 담합 이익이 최소 5천억대야. 그냥 덮는 건 서로 좀 찜찜하지 않나?"

심 과장의 입술이 뒤틀렸다.

"그럼 좀 티 안 나게 끝내는 건 어때? 철강사들한테 시정명령 보내자고. 우리가 철강 가격 주시하고 있단 메시지 보내면 좀 나아질 거야."

"까려면 제대로 까고 덮으려면 제대로 덮자. 과징금 때리고 죄질 나쁜 놈들은 기소도 해야 돼."

"오 과장."

"싱겁게 끝낼 거면 안 하느니만 못 해. 눈치 준다고 뭐 얼마나 조심하겠어."

분위기 잠잠하다 싶으면 또다시 담합해 먹겠지.

맡기 싫은 심정이야 이해한다만 오 과장도 이 부분은 타협할 수 없었다.

담합 이익이 수천억대인데 이걸 어떻게 시정명령으로 끝낸단 말인가.

"한 번만 더 제대로 해 보자. 큰 사건 맡았는데 어떻게 시행착오가 없겠어. 지난 수사의 허점 보완하고 이번에……."

"오 과장! 사람이 이쯤 말했으면 좀 알아들어야 하는 거 아니야?!"

결국 심 과장의 언성이 커졌다.

"내가 직접 찾아와서 이렇게 부탁까지 하잖아. 이거 맡는

다고 종합국 위상이 올라가?"

"누가 지금 공적 쌓으려고 이 소리 하나?"

"내 귀엔 그렇게 들려! 네들은 못했지만 우리는 할 수 있을 것 같다! 근데 아니라니까. 우리도 모든 수 다 동원했는데 안 된다니까."

내려놓은 찻잔이 거칠게 들썩거렸다.

"그리고 이건 서로 매너가 아니지! 막말로 우리도 종합국에서 실패한 수사 넘겨받을 때 있어. 근데 서로 자존심 생각해서 적당히 끝내잖아."

"심 과장."

"나 솔직하게 말하면 무슨 감사받는 기분이야. 나한테 왜 수사 실패했냐고 따져?"

"그게 아니라니까."

"그게 아니면 그냥 시정명령으로 끝내! 나중에 더 명확한 증거 나오면 그때 다시 수사할 수 있어. 내가 할 말은 여기까지야. 만약 여기서 선 더 넘으면 나도 가만 안 있어."

심 과장은 그리 쏘아 대며 문을 쾅 닫고 나갔다.

오 과장은 그 문을 바라보며 긴 한숨을 흘렸다.

역시나 기분 나쁜 말은 어떻게 하도 기분 나쁘게 들리는구나.

아무래도 카르텔조사국의 치부를 제대로 건든 모양이다.

“카르텔조사국이 한 번 실패한 사건이라고요?”

“네. 그때도 꽤 믿을 만한 제보로 시작했다는군요.”

이해가 안 된다.

별것도 없어 보이는 수사인데 왜 실패했단 말인가?

“혹시 기한이 너무 짧았습니까?”

“아니요. 카르텔조사국 8개 팀이 4개월이나 조사했대요. 근데 눈을 씻고 찾아봐도 결정적 증거가 안 나오더랍니다.”

신 팀장의 설명은 들으면 들을수록 이해가 안 갔다.

철강사 직원들이 서로 만났다, 시세를 인위적으로 조작했다. 이것만 잡으면 끝나는데, 그 한 끗을 왜 못 찾았을까?

“그럼 진짜 무혐의였던 건가요?”

“뭐 우리가 그럴듯한 제보에 속아 넘어간 걸 수도 있죠. 근데 카르텔국 내부 분위기는 그렇지 않더군요.”

“어땠는데요?”

“자기들이 무능력했다는 걸 인정하는 분위기? 이 사건을 진짜 무혐의라 생각하는 사람은 없었습니다.”

수사가 종결된 날.

카르텔조사국은 초상집 분위기였다. 아무런 증거도 찾지 못하고 막을 내려야 했으니.

너무 쉽게 봤던 게 패착의 원인이었을까? 그건 아니다.

철강사 구매팀장들의 통화, 이메일 기록, 내부 자료를 다 까뒤집었지만 이들이 서로 만난 흔적은 나오지 않았다.

언뜻 쉬워 보여도 실은 보이지 않는 벽이 있었던 것이다.

"좀 더 장기전으로 가면 됐을 것 같은데. 담합은 한 놈 무너지면 다 무너지잖아요."

"카르텔국도 최대한 시간 싸움을 해 보려 했습니다. 근데 제보자가 먼저 나가떨어졌다고."

"그건 무슨 말씀입니까?"

"수사에 진척이 없으니까 슬슬 불안감 느낀 거죠. 제보자랑 수시로 연락하면서 의견 교류했는데, 어느샌가 연락이 끊겼답니다."

신 팀장은 쓴웃음을 지었다. 카르텔국 직원들의 말에 따르면 거기가 수사 종결 시점이었다.

익명의 제보 믿고 시작한 수사에, 제보자가 나가떨어지면 끝인 거다.

"그럼 저희가 이런 제보를 받았다는 거 자체가 불편하겠네요."

"그렇죠. 치부나 다름없는데. 나도 몇 번 물어보니 불편한 티를 팍팍 내요. 살벌해서 저도 더는 못 물어봤습니다."

신 팀장은 주변을 쓱 둘러보더니 목소리를 낮췄다.

"그리고 분위기 보니 우리도 못 맡을 것 같네요."

"그건 왜?"

"벌써 며칠이나 지났는데 과장님 별말씀 없잖아요. 아무래도 위에서 얘기가 잘 안 되고 있는 모양입니다."

당연한 얘기다. 이런 민감한 내용을 통보했으면 즉각적으로 과장들끼리 얘기가 오갔을 터.

아직까지 답변이 없다는 건 과장들 회의가 결렬됐단 뜻이다.

"아무튼 제가 아는 건 여기까지입니다."

"신 팀장님. 혹시 그 카르텔국 만나면서 받았다는 자료, 저도 좀 볼 수 있을까요?"

"지난 수사? 이건 왜……?"

"그냥 어떻게 수사 진행했나 궁금해서요."

신 팀장이 경계의 눈빛을 보냈다.

"내가 잘은 몰라도 이 팀장님 호기심 많은 사람이란 건 압니다. 근데 이런 사건은 호기심 위험해요."

"저도 그렇게 막 나가는 사람 아닙니다. 그냥 글로벌 시세는 올랐는데, 왜 고철 가격은 떨어졌나. 다른 변수가 있었나. 이거 좀 알아보고 싶어서 그럽니다."

신 팀장은 어깨를 으쓱이며 서류를 건넸다.

"이거 본다고 그 대답이 나오진 않을 텐데. 뭐, 필요하면 가져가세요."

"감사합니다."

준철은 한동안 서류에 골몰했다.

'담합이라…….'

국내 철강의 80%를 생산하고 있는 철강 7개 사.

꾸준히 문제가 제기되어 왔지만, 전말은 단 한 번도 드러나지 않은 사건.

철강사들의 결속력이 좋거나 정말 무혐의거나, 둘 중 하나겠지.

스르륵.

하지만 서류를 넘기면 넘길수록 무혐의는 아닐 것 같았다.

제보에 내용은 지금 당장 철강사들에게 줘도 무색할 정도다. 철강사들이 이 시나리오를 보고 따라 하면 앉은자리에서 몇천억의 이익이 생긴다.

이걸 과연 그들이라고 모를까?

스르륵.

액수도 마음에 걸렸다.

2년 치 담합 이익만 5천억대 아닌가? 완벽한 시나리오에 보상까지 두둑한데, 기업들이 황금 알 낳는 거위를 못 본 체할 리 없다.

그리고 이 추측에 쐐기를 박아 줄 완벽한 정황도 있었다.

글로벌 철강 시세가 매년 고공 행진하는데, 고철 가격만 떨어지지 않았나.

담합이 의심되는 시점에서 고철 가격은 20원(kg)이나 떨어져 있었다. 올라도 시원찮을 판에 떨어지기까지 한 것이다.

그것도 매입 가격만.

'이렇게나 대범하게 해 처먹어?

근데 대체 왜 증거를 못 찾았을까?

이 정도로 인위적인 가격을 만들려면 경쟁사끼리 수시로 밥 먹고, 수시로 의견 교환을 해야 한다.

[몇 날 몇 시부터 매입하지 말자.]

[몇 날 몇 시부터 이 정도만 매입하자.]

이런 메시지가 수백 통은 나와야 할 텐데, 어떻게 하나도 없단 말인가?

'그리고 이건 좀 너무하잖아?'

회계 자료를 보니 아주 예술 작품이 따로 없었다.

철강사들의 매출은 그대로였는데, 순이익만 폭발적으로 늘어나 있었으니…….

준철에겐 이 회계 자료가 누구보다 익숙했다.

하청들 쥐어짜서 단가 낮추면 순익은 폭발적으로 늘었다. 바꿔 말해 철강사가 원재료(고철)를 싸게 사서 더 비싸게 팔면 당연히 이런 그림이 나올 수밖에 없다.

하지만 이런 합리적 의심들을 모두 무력화시키는 지점이 있었으니…….

—카르텔조사국에서 작년에 실패한 수사예요. 우리가 건들면 서로 많이 불편해질 겁니다.

신 팀장이 귀띔해 준 말이 계속해서 걸렸다.

카르텔국도 검찰에 영장 신청해서 통화 기록 다 뒤져 봤는데, 먼지 한 점 찾을 수 없었다고 한다.

'흐음…….'

그 사실은 준철에게 참 많은 고민이 들게 했다.

구린내 난다고 세상 모든 문제를 다 쑤시고 다닐 순 없다. 심지어 이런 문제는 조직 내부에서도 민감한 얘기.

'참자. 호기심 많은 놈치고 오래가는 놈을 못 봤다.'

참아야만 한다.

분위기 봐선 수사가 떨어질 것 같지도 않은데, 이걸 왜 건들겠나.

가만히 있는 벌집 쑤시는 격이다.

'괜한 생각 말자. 어차피 진행되지도 않을 거.'

'아니야. 이거 미친 짓이야. 이러면 안 돼.'

그리 다짐하며 또 다짐했지만 자꾸만 손은 서류로 향했다.

그렇게 신 팀장이 준 지난 수사 자료를 다시 열었을 때.

"악!"
또다시 두통이 엄습하며, 그 증상이 찾아왔다.

외부와 차단된 고급 중식집.
식탁엔 산해진미가 즐비했지만 모두들 관심은 없어 보인다.
눈을 돌리니 여섯 명의 사내가 있었고, 곧 한 사내가 문을 열고 들어왔다.
"예약자명 좀 바꾸자. 마동탁이 뭐야, 마동탁이? 찾느라 한참 헤맸잖아."
"지각자가 무슨 변명이 많아."
"지각이 아니라 진짜 그것 때문에 헤맸다니까. 지난번엔 무슨 오자룡으로 예약하더니, 뭐 그쪽에 취미 있어?"
마동탁? 오자룡? 가명으로 식당을 예약했다는 건가?
지각한 사내가 앉자 상석에 앉은 사내가 웃었다.
"촌스러워도 이해해. 공정위 따돌리려면 최대한 조심해야지."
"식당 이름 이렇게 예약하면 없던 공정위도 따라붙겠다."
"그럼 다음 모임은 차 부장이 예약하든가."
모임 인원은 일곱 명. 사이즈가 나온다.

한눈에 봐도 담합사 7인방들이다.

"아, 좋네. 우리 중에 우성철강만큼 접대 잘하는 데 없잖아. 어디 뭐 검사들이 자주 가는 고급 요정 이런 데 없어?"

"아서. 거기서 영감들 만나면 우리 바로 구속이야."

"떡값이야 회사에서 내주겠지. 우리가 지금 얼마짜리 계약을 성사시키고 있는데. 안 그래?"

"흐하하."

여기 모인 이들은 회사의 더러운 일을 처리하려 모인 이들이었다. 담합행위가 적발되면 회사가 아는 인맥을 총동원해 담당 검사도 구워삶아 줄 것이다.

수위 짙은 농담이 서슴없이 오갈 때, 굳은 얼굴로 자리를 지키는 이도 있었다.

"먼저 한 잔 받아."

"잠깐. 한잔하기 전에 일 얘기부터 하면 안 돼?"

"김 부장. 뭐가 그리 급해. 호떡집에 불난 것도 아니고."

"오늘은 맨정신으로 하고 싶은 얘기가 많아서."

불쾌한 얼굴의 사내는 늦게 들어온 차 부장을 꼬나봤다.

차 부장은 대수롭지 않다는 듯 웃으며 잔을 채웠다.

"김 부장은 아직도 나한테 감정이 많은가 봐?"

"자네한테는 없어. 우성철강에 많지."

"쪼잔하기는. 이미 사과까지 한 마당에 언제까지 그럴 거야."

"쪼잔? 사과? 그렇게 건들건들하면서 미안하다, 툭 내뱉는 게 사과야?"

갑자기 불꽃이 튀자 옆 사람들이 만류했다.

"두 사람 다 왜 그래? 이렇게 불편한 분위기에서 어떻게 큰일을 하자고."

"큰일이고 나발이고 저 새끼들이 약속 안 지키는데 이 모임 계속할 필요 있어?"

차 부장은 자리를 박차고 일어났다.

"김성렬이! 너 지금 나한테 새끼라고 했냐?"

"적반하장도 유분수지! 약속 어긴 건 니네야. 고철 물량 우리가 4% 가져가기로 했는데 왜 영남권 물량 싹쓸이해 가."

"착오였다고! 내가 구매 직원한테 사지 말라 그랬는데, 그놈이 사 온 거야."

"고작 실수였다? 넌 내가 그 소리 했으면 믿겠냐?"

"사정 설명도 했잖아. 담합 증거 안 남기려고 나 밑엣놈들한테 전화나 문자도 안 해! 그 과정에서 생긴 착오라니까."

"그게 아니라 우리 TK스틸 무시한 거겠……."

그렇게 파행 직전.

"두 사람 다 그만!"

상석에 앉은 사내가 탁자를 치며 일어났다.

그는 긴 한숨을 내쉬더니 두 사람에게 다가왔다.

"우리끼리 불필요한 경쟁하지 말자고 모인 자리야. 여기서

까지 싸우면 어떡하나."

그리 말하며 차 부장에게 눈을 흘겼다.

"차 부장. 나중에 따로 정식으로 사과해. TK스틸이 우리 중에 제일 물량 적게 가져가잖아? 당한 사람 입장에선 기업 작다고 무시하냐 소리 나올 수 있어."

건들건들하던 차 부장이 시선을 피했다.

"김 부장도 그쯤 해. 우리 모임 보안 유지하려고 문자를 안 남겼다잖아. 이렇게 극성떠는 덕분에 지난번 공정위 수사도 따돌린 거야. 이번 일은 그 과정에서 생긴 불미스런 오해고."

준철은 한눈에 봐도 저 사내가 누군지 알 수 있었다.

국내 철강 시장의 1위이자, 시장점유율 40%를 쥐고 있는 동남철강이다.

"그래, 좋은 애기 하러 와서 뭐 그렇게까지 해."

"음식 다 식었다. 한잔 마시고 털어 내지."

주변 사람들이 애써 웃으며 말했지만 TK스틸의 얼굴은 여전히 언짢아 보였다.

그는 자리에 착석하며 다시 입을 열었다.

"됐고. 나 오늘은 진짜로 맨정신으로 할 얘기 많아. 우리가 대체 언제까지 이렇게 협조해야 하지?"

"협조?"

"고철 매입 가격 깎아 봤자 우리한테 돌아오는 건 푼돈밖에 안 돼."

"자네들이 아낀 돈만 수십억이야. TK스틸한테 그게 푼돈인가?"

"동남, 우성철강이 가져가는 거에 비하면 새 발의 피지."

"갑자기 왜 딴소리야? 할당량은 각 기업 시장점유율대로 공평하게 나눈 거잖아."

"생각해 보니 그게 공평한 게 아니더라고. 누구는 담합 한 번으로 몇백억씩 남겨 먹고, 누군 들러리나 서고. 응?"

동남, 우성철강 부장들의 얼굴이 굳어졌다.

이들은 담합으로 산 고철 물량을 시장점유율대로 나눴는데, 당연히 점유율이 높을수록 남겨 먹는 돈이 많았다.

"솔직히 꼬리도 너무 길어. 한두 번 해 먹는 것도 아니고 8년 동안 이 짓거리 했는데 우리 이거 계속해야 돼?"

8년?

제보 자료는 겨우 2년 치였는데, 담합 모의가 벌써 8년이나 지속되었다고?

"김 부장. 뭔 또 말을 그렇게까지……."

"아니, 그건 김 부장 말도 맞아. 우리 솔직히 작년엔 공정위한테 대대적인 수사도 당했잖아?"

주변에 있던 부장들도 슬슬 가세했다.

"솔직한 말로 너무 심하긴 해. 철강 시세야 인터넷에만 쳐봐도 훤히 나오는데 우리 지금까지 고철 가격 20원이나 내렸어."

"나도 김 부장 의견은 생각해 봐야 한다고 봐. 수사 끝난 지 1년도 안 지났는데 이건 좀."

"이러다 수집상들이 어디 찌르기라도 하면……."

쾅-!

그리 말할 때 동남철강 유 부장이 또다시 탁자를 내려쳤다.

"찔러? 누가 찔러? 고물상들이 찔러?"

지금껏 온화한 얼굴을 유지하던 모습과 완전히 달랐다.

아예 다른 사람 같아 보였다.

"유 부장. 그 말이 아니라……."

"고물상들이 공정위에 찌르면 퍽이나 수사하겠다. 자네들이 검찰이나 공정위면 그놈들 말 듣겠어?"

"그건 아니지만……."

"백날 찔러 봐야 그놈들 말 들어 줄 데 하나 없어. 그냥 우리만 조심하면 돼!"

그가 언성을 높이자 김 부장도 약간 긴장한 얼굴을 보였다.

"TK스틸은 우리 모임에 불만이 많나 봐? 근데 담합 안 하면 네들 과연 살아남을 수 있을까?"

"뭐?"

"우리랑 경쟁해서 이길 수 있겠느냐고. 마음만 먹으면 우린 고철 물량 싹쓸이해 버릴 수도 있어. 가격 한 50원 올려 주면 전국 고물상들이 다 신사동으로 찾아올걸?"

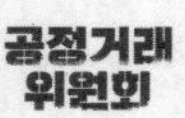

"아니, 지금!"

"그러니까 사람 성질 긁지 말고 솔직하게 말해. 담합이 싫다는 게 아니라 할당량이 싫다는 거잖아."

대답이 없는 걸 보니 그의 추측이 맞는 모양.

유 부장은 긴 한숨을 내쉬며 한 서류를 건넸다.

"이 얘길 이런 분위기에서 할 줄이야…… 읽어 봐."

주변 사내들은 눈치를 살피며 그 서류를 들었다.

그 내용을 다 확인했을 땐 다들 어리둥절한 얼굴이 됐다.

"유 부장. 이게 뭐야?"

"우리 동남철강에서 이번에 물량 5% 양보할 거야. 우성에서도 5% 양보하고."

"매입 물량을 내렸어? 그럼 나머지 10%는……?"

"'협력사'들이 가져가야지. 다섯 개 철강사가 2%씩 더 받아 갔으면 좋겠어. 당연히 조건 없이 그냥 우리가 '양보'하는 거야."

다른 철강사들의 입이 싹 다물어졌다.

고철 납품을 2%나 더 받을 수 있지 않나! 시장에서 잔뜩 후려친 이 가격으로 매입하면 최소 100억대는 남겨 먹을 수 있었다.

"어때? 이러면 TK스틸도 불만 없을 것 같은데."

TK스틸은 이미 표정 관리도 못 하고 있었다.

오늘 괜히 심통 부리며 바람 잡은 것도 이 이유였을 것이다.

“뭐 그렇다면야. 내가 꼭 이 소리 하려고 그런 건 아닌데.”

“그럼 오케이? 서로 만족하는 거야?”

“투톱이 물량 나눠 준다면 당연히 받아야지. 우리가 뭐 한 두 번 본 사이도 아니고…… 8년 동안 함께했으면 전우나 다름없다.”

영악한 놈. 물량 양보해 주겠다고 하니 바로 꼬리를 내린다.

주인 품에 안긴 강아지처럼 재롱도 떤다.

김 부장은 심통스러운 얼굴을 완전히 지우고 차 부장에게 잔을 건넸다.

“차 부장. 막말로 들렸다면 미안. 좋게 말할 수 있는 걸 내 말이 셌다.”

“이제야 좀 분위기 좋구먼. 나도 미안. 앞으론 서로 오해 없게끔 직원 관리하지.”

두 사람이 잔을 들자 주변에서도 잔을 들고 합류했다.

“그래, 솔직히 8년 동안 이렇게 일했으면 경쟁사가 아니라 협력사다. 앞으론 진짜 오해 없게 더 잘해 보자고. 응?”

“다들 위하여!”

“오자룡하고 마동탁을 찾으라고요?”

이튿날 아침.

김 반장은 자신의 귀를 의심하고 있었다.

"네. 태화루라는 중식당이었어요. 일곱 명으로 예약된 거 있나 찾아봐 주세요."

"팀장님. 서울에서 태화루가 한두 군데겠습니까?"

"그 태화루가 좀 고급 중식당이었어요. 호텔 중식 위주로 찾아보면 금방 나올 겁니다."

"그니까 그걸 왜 찾는데요."

"담합사들이 모인 식당입니다."

그런 말을 대수롭지 않게 내뱉으니 더 황당했다.

"그건 그렇다 치고 마동탁이랑 오자룡은 뭡니까?"

"가명을 썼어요."

"예?"

"담합사들이 식당 예약할 때 가명을 썼다고요. 아, 당연히 법카 긁은 내역 안 나올 겁니다. 모두 현금으로 계산했으니."

도통 알아들을 수 없는 얘기만 나온다.

아니 저런 얘길 어떻게 확신에 찬 목소리로 말한단 말인가.

"이거 다 과장님께서 지시한 내용입니다."

"아…… 위에서 또 지시가 내려온 겁니까?"

"네. 첩보예요."

"근데 첩보치곤 너무 두루뭉술하네요. 태화루 식당에서 오자룡으로 예약을 했다라……."

"놈들이 보안에 그만큼 신경 많이 쓴 거죠."

진짜로 치밀한 놈들이다. 흔적을 아예 안 남기느라 내부에서도 착오가 생겼을 정도니.

“아무튼 식당 찾으면 cctv 자료 먼저 확보해 주세요.”

“오자룡, 마동탁, 7인방…… 알겠습니다. 이 중 하나라도 걸리는 거 있나 찾아보죠.”

김 반장이 물러나자 준철은 고민에 잠겼다.

과장님 지시라고 또 뻥을 쳤다만 이 거짓말은 오래가지 않을 것이다.

담합을 입증하려면 만난 정황, 가격을 주고받은 정황. 이 둘 중 하나는 나와야 하는데, 과연 그 증거를 잡을 수 있을까?

‘안 나오면 진짜 삽질이긴 한데…….’

상식대로라면 안 하는 게 맞는 일. 성공 가능성은 로또보다 낮다.

‘하지만…….’

그럼에도 그 작은 가능성에 올인 한번 해 보고 싶다.

물량을 나누는 과정에서 놈들이 균열을 보이지 않았나? 이 작은 틈을 비집고 들어가면 분명 더 큰 그림이 나올 것이다.

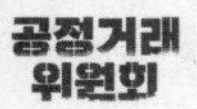

질 끝판왕 사망

한명그룹
김성균 본부

불편한 출발

“그럼 결국 수사는 못 하는 겁니까?”

과장실로 소환된 신 팀장은 실망한 얼굴을 감추지 못했다.

카르텔국에 제보 자료 넘겨라.

이게 무얼 의미하는지 잘 안다. 종합국에서 손 떼겠다는 거 아닌가. 카르텔국도 당연히 조사하지 않을 것이다.

“안타까운 마음은 나도 알지만 방법이 없구만.”

“과장님.”

“내가 그놈들 눈치 보여서 이러는 거 아니야. 말마따나 카르텔국도 해 볼 수 있는 거 다 해 봤어. 근데 먼지 하나 못 찾았잖아?”

오 과장의 결심은 단호했다.

익명의 제보 하나 믿고 들어가기엔 너무나 벅찬 수사다. 같은 방식으로 진행된 수사가 처절히 실패한 사례도 있다.

"우리가 만진다 해도 별수 없을 거다."

게다가 카르텔국은 밥 먹고 하는 일이 담합 조사 아닌가?

종합국은 카르텔국에 비해 전문성도 없었다.

"그냥 시정경고로 끝내. 주의 주면 눈치 한 번은 보겠지."

그게 근원적인 대책이 될 리 없겠다만 신 팀장도 더는 고집 부리지 않았다.

"알겠습니다."

"이건 노파심에 하는 말인데……."

"아이고- 저 뒤에서 딴짓 안 합니다. 깔끔하게 끝내겠습니다."

그렇게 자리에서 일어날 때 노크 소리가 들렸다.

문을 열고 들어선 준철은 오 과장에게 고개를 꾸벅 숙였다.

"이 팀장? 부르지도 않았는데 왜 왔어?"

"간략히 드릴 말씀이 있어 찾아뵀습니다."

"간략히? 서류를 저렇게 한 보따리나 들고 와서?"

"먼저 읽어 봐 주십쇼."

오 과장은 한껏 경계하며 서류를 슬쩍 훑었다.

불안한 직감은 그대로 맞아떨어졌다.

철강사들의 시장점유율과 고철 매입률. 그것도 각 연도별로 변동 현황까지 세세하게 나와 있었다.

"이거 담합 맞는 것 같습니다."

"그 얘기 방금 다 끝났어. 이거 카르텔국에 넘길 거다."

"실패한 사람들한테 또요?"

"뭐?"

"이거 카르텔국에서 한 번 만졌다가 실패한 거 아닙니까. 오히려 저희가 지난 수사 자료 넘겨받고 판 다시 짜서 수사해야 합니다."

오 과장은 기함을 뿜었다.

"누가 그딴 소리 함부로 하래?! 너 지금 사내 분위기 얼마나 예민한지 몰라?"

"하지만 그게 사실입니다."

"아니 그래도?!"

"눈에 보이는 정황이 이 정도인데 담합 밝혀냈어야죠. 이게 담합이 아니면 그게 더 신기할 정돕니다."

오 과장이 자리를 박차고 일어나려던 찰나.

"과장님…… 이 팀장 자료 꽤 근거 있는데요?"

먼저 서류를 검토한 신 팀장이 다급하게 말했다.

그는 눈을 돌리더니 준철에게 물었다.

"이 팀장. 이 자료 어디서 구했어요?"

"제가 정리한 자료입니다."

"이걸 혼자서?"

"네."

준철은 노기 어린 오 과장의 눈빛을 피하며 고개를 숙였다.

"절대 이 사건 덮으면 안 됩니다. 좀만 더 조사하면 증거도 찾을 수 있습니다."

오 과장은 쉽사리 서류에 손이 가지 않았다.

의심 가는 심정이야 같다만 덮기로 마음먹지 않았나.

저 혈기 왕성한 놈은 공직 사회의 불문율을 몰라도 너무 모른다. 그냥 수상하다 싶으면 머리부터 들이밀고 본다.

그리 생각하며 서류를 읽어 내려갔지만, 곧 얼굴이 변하기 시작했다.

동남철강의 시장점유율 40%. 우연찮게 고철 매입 점유율도 40%.

우성철강의 시장점유율 25%. 우연찮게 고철점유율도 25%.

누가 마치 나눠 주기라도 한 듯 각 점유율과 매입율이 딱딱 맞아떨어진다. 한 치의 오차도 없이.

"이거…… 요지가 뭐야?"

"담합사들이 물량 나눠 가졌다는 증거입니다. 아니면 숫자들이 이렇게 딱딱 맞아떨어질 수가 없습니다."

인위적으로 물량을 배분을 했단 것이다.

그게 아니면 이렇게 정확한 숫자들이 나올 수가 없다.

"근데 왜 자료를 8년 치나 가져왔어요?"

"이런 기현상이 시작된 시점이 8년 전입니다. 그때부터 쭉

이래 왔습니다."

"그럼 8년 동안의 담합이었다는 거야?"

"예. 9년 전 자료는 이렇게 시장점유율과 고철 매입 점유율이 일치하지 않았습니다."

준철은 이 단서에 쐐기를 박아 줄 말을 꺼냈다.

"그리고 이번 년도 초 자료를 봐주십쇼. 철강 투톱인 우성과 동남철강이 고철 매입률을 5%씩 낮췄습니다."

"뭐야, 그럼 예외가 발견된 거잖아."

"근데 우연찮게도 다른 철강사들 매입률이 각각 2%씩 늘었습니다. 투톱 두 곳이 점유율 낮춰 주니까 나머지 다섯 곳이 누가 정해 주기라도 한 듯 2%씩 나눠 가진 겁니다."

이제는 오 과장도 인정할 수밖에 없었다.

물론 시장점유율에 따라 고철 매입률이 비례할 순 있다. 하지만 이번 년엔 투톱 철강사가 매입률을 낮춘 변수도 등장하지 않았나? 그럼 나머지 10%도 점유율대로 배분되어야 하는데 예외가 발생했다.

각 담합사 다섯 곳이 사이좋게 2%씩.

"이건 나머지 담합사들가 '공평하게' 나눠 가졌단 뜻이죠. 특정 세력이 개입하지 않으면 나올 수가 없는 그림입니다."

오 과장은 짧게 한숨을 내쉬고 물었다.

"좋아. 네 말대로 8년의 담합이었다 치자. 근데 카르텔국도 이거 끈질기게 추적했거든? 왜 못 찾았을까."

"너무 교과서대로 접근했다 봅니다."

"교과서?"

"얼핏 들어 보니 그쪽은 우성과 동남철강을 중심으로 수사를 했다 들었습니다."

"그거야 당연한 거 아니야? 가격 주도를 했다면 그 투톱들이 했겠지."

"그래서 안 무너졌다 봅니다. 담합은 가장 적게 먹은 놈이 가장 배신할 가능성이 큽니다. 근데 여길 내비 두고 계속 큰 놈들만 쳤어요."

준철의 설명에 오 과장이 눈썹을 들었다.

"이간질시켰어야 한다는 거야? 담합사들끼리?"

"네. 공동의 목표가 있었다뿐이지 본질은 경쟁사 아닙니까. 저였다면 TK스틸. 여길 공략했을 겁니다. 담합으로 얻은 이익이 가장 작고, 모임도 주도적으로 열지 않았을 거예요. 우리한테 협조할 가능성이 가장 큽니다."

명확한 수사 방법까지 제시했지만 오 과장은 선뜻 대답을 내려 주지 않았다.

공무원은 시끄러운 사건에 연루되지 않는 게 일 잘하는 거다. 이대로 그냥 종결시키는 게 최선인데…… 가만있는 벌집을 꼭 쑤셔야만 할까?

침묵은 길어졌고, 오 과장 얼굴은 시시각각 변했다.

그렇게 한참의 시간이 지났을 때, 그가 묵묵히 일어나 내

선전화를 들었다.

"난데. 심 과장 자리에 있나? 어, 별건 아니고…… 작년에 철강사들 담합 조사한 거, 그거 수사 자료 좀 넘겨줬으면 해서."

"……!"

"아니, 자리에 없으면 됐어. 우리가 직접 받으러 가지."

세종시에서 돌아온 심 과장은 분을 주체하지 못하며 엘리베이터에 올랐다. 욕지거리를 내뱉어도 분이 가시질 않는다.

선을 넘지 말라고 분명 일러뒀건만 이것들이 기어코 일을 치르다니!

"지금 뭐 하는 짓들이야?"

자리에 도착하니 가관이었다.

카르텔국 팀장들이 침통한 얼굴로 수사 자료를 옮겼고, 종합국은 이를 서류 박스에 챙겨 넣고 있었다.

압수수색을 연상케 하는 광경이었다.

"어, 왔구먼. 얘기는 전해 들었……."

"자네 무슨 점령군이야?"

"뭐?"

"누가 허락도 없이 남의 부서 와서 자료 뒤지고 있냐고!"

찌렁찌렁 울리는 소리에 사무실은 정적이 됐다.

"심 과장. 불편한 줄은 아는데 우리 이런 식으로 대화하진 말자."

"대화? 남의 사무실에서 이따위 짓을 벌여 놓고?"

"오해 마. 지난 수사 자료만 넘겨받으려고 왔을 뿐이야."

"그러니까 그게 왜 필요한데. 종합국이 우리 카르텔국 감사하러 왔어?"

점점 더 높아지는 목소리에 오 과장도 젠틀한 대화를 포기했다.

받아 주다간 한도 끝도 없을 것 같았다.

"감사가 아니라 재수사. 우리한테 제보가 들어와서 수사할 수밖에 없다고 몇 번이나 얘기해."

"그럼 그 제보 우리한테 넘겨. 담합은 우리가 전문이고, 우리가 수사해."

"그걸 실패했잖아."

"뭐, 뭐야?"

"그리고 수사해 달라 부탁하니까 선 넘지 말라고 경고했잖아."

"과장님. 고정하십쇼."

두 과장이 물러섬 없이 싸우자 팀장들이 인간 바리케이드를 쳤다.

"오 과장! 말 다 했어?"

"아직 못 한 말 많아. 이 담합 장장 8년에 걸쳐 일어났다."

"뭐?"

"8년 동안 시장점유율하고 고철 매입 점유율이 똑같더라고. 아주 누가 케이크 잘라 주듯 똑같아. 그리고 글로벌 철강 가격은 올랐는데, 고철만 떨어졌어. 담합에 이거보다 더 확실한 증거 있어?"

오 과장은 말리고 있는 주변 팀장들을 뿌리쳤다.

"솔직히 나도 이거 자네 생각해서 직접 온 거야. 국장님께 보고해서 우리가 자료 가져갔어 봐. 서로 기분 더 나빴을 거 아니었겠냐고."

이 자식들이! 이젠 국장까지 들먹여?

"그러니 서로 감정싸움 그만하자. 우리가 좀 더 캐 보고 뭐 나오면 자네들한테 반드시 알릴게. 그럼 그때 가서 같이 재수사하면 되잖아."

방금 오 과장은 회유와 협박을 동시에 했다.

우리가 수사해서 뭐 더 나오면 너희들에게 사건 다시 돌려주겠다. 하지만 지난 수사 자료 안 내주면 국장님께 보고해서 가져가겠다.

"꼭 우리가 일 못해서 못 밝혀낸 것처럼 말하는구만?"

"그 뜻은 아니야. 그렇게 들렸다면 사과하지."

"그럼 어디 한번 해 봐."

심 과장은 통한 얼굴로 주변 팀장들에게 턱짓했다.

"자료 넘겨줘. 우리는 무능한데 종합국은 밝혀낼 재주 있나 보자. 지난 자료가 부실했네 어쨌네 소리 안 나오게 우리가 쓰던 이면지까지 싹 다 넘겨줘 버려."

참으로 심통 맞은 과장이다.

마지막까지 꼭 불편한 티를 팍팍 내야 하나.

"고맙네."

"그 소린 우리가 해야지. 우리 지난 수사에서 투톱 철강사 임직원들 통화 기록까지 싹 다 훑어봤어. 당연히 뭐 더 이거보다 유의미한 증거가 나오겠지?"

"노력해 보지."

"노력만으론 부족해. 명색이 재수사인데 뭐가 더 나와야 할 게 아니야."

아예 그냥 저주를 해라.

누구보다 재수사가 실패하기를 바라는 거 아니냐?

하지만 오 과장은 최대한 담담하게 말했다.

"아무렴 그래야지. 그 부분이라면 걱정 마. 우리 종합국에도 똑똑한 팀장들 많으니까."

오 과장의 말이 끝나자 그가 휙 하니 고개를 돌려 자리를 떠났다. 그리고 이 모든 사달의 원인인 준철은 구석에서 식은땀을 흘렸다.

'이거…… 내가 괜한 얘기를 꺼냈나.'

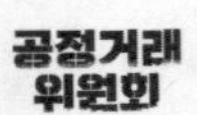

질 끝판왕 사망

한명그룹
김성균 본부

고물상들

카르텔국과 종합국의 마찰은 공정위 내에 파다하게 퍼졌다.

두 과장들이 체통도 못 지키고 고성을 질러 대지 않았나. 수사 자료 인계를 누구는 압수수색이라 표현했고 누구는 카르텔국이 감사를 당했다 말하기도 했다.

사실 공정위의 이목이 집중된 이유는 두 과장의 싸움 때문만이 아니었다.

현재 파악된 담합 이익만 5천억.

이것도 겨우 2년 치 추정액이다.

종합국은 담합 기한을 8년으로 봤고, 그 말이 사실이면 담합 이익은 최소 수조 원대가 될 것이었다. 이건 곧 과징금도 역대급이란 뜻이다.

"주변 분위기 의식하지 말고 우리 일만 하면 돼."

오 과장은 불편한 분위기를 이기고 수사팀을 출범시켰다.

종합국 팀장 다섯 명을 차출해 담합조사반을 차렸다.

"이게 담합이 아니면 그게 더 신기한 거 아니야? 제일 중요한 건 지난 수사 자료 숙지. 이건 그냥 암기한다 생각해라."

똑같은 실수를 반복해선 안 된다.

지난 수사 자료는 최고의 오답 노트가 되어 줄 것이다.

"아니지. 암기하는 것에 그치지 말고 어떤 점이 잘못됐는지도 분석해야 돼."

"알겠습니다."

다섯 명의 팀장이 일제히 대답하자 그가 서류를 돌렸다.

"각 팀장들 업무분담표다. 홍 팀장."

"네."

"자네가 우성, 동남철강 맡아. 지난 수사는 임원들 위주로 돌았거든? 근데 아닐 수도 있어. 실무선인 구매팀장들이 시세정보 교환했을 수도 있으니까 수상하다 싶으면 전부 다 보고로 올려."

"알겠습니다."

홍 팀장이 끄덕이자 오 과장이 시선을 돌렸다.

"그리고 세 사람이 나머지 다섯 개 맡자."

"네. 근데 과장님. 나머지 담합사들 물량은 투톱의 반도 안

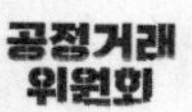

됩니다. 차라리 저쪽을 세 명이 맡고 나머지를 한 명을 맡는 게 어떨지."

"아니야. 투톱 철강사야 담합을 주도했으니, 자백 안 나올 거거든."

"자백요? 그럼 혹시 저희들 역할이……."

"응. 이간질 시켜. 시도 때도 없이 불러내서 피 말리게 해. 제일 적게 먹은 놈을 제일 집요하게 괴롭히라고."

정석대로라면 투톱에 집중해야 하는 수사다. 하지만 지난 수사는 그렇게 하다 흐지부지 끝나지 않았나.

발상의 전환이 필요했고 오 과장은 그 방법을 믿어 보기로 했다.

"알겠습니다."

모두 물러가자 과장실엔 한 사람만 남았다.

"과장님. 저는……."

"뭘 물어. 넌 이간질하러 가야지. 애초에 그 아이디어 꺼낸 건 이 팀장이잖아."

"아, 예. 그럼."

"그 전에 한 가지만 묻자."

오 과장은 이전과 달리 조금 주저하는 기색을 보였다.

"다 좋은데 뭐 하나 빈 것 같아서 말이야."

"어떤 부분이……."

"지난 수사 자료 봤는데 카르텔국은 기업들만 소환해서 수사를 진행했다. 이거 좀 뭔가 빈 것 같지 않아?"

준철의 오 과장이 무얼 말하고 싶은지 단번에 알아챘다.

"수집상(고물상)들 얘기를 한번 들어 볼까요?"

"역시 눈치 하난 빠르구먼. 그래, 가격을 이렇게 인위적으로 조정했으면 분명 현장에서 체감하는 분위기가 있었을 거야."

어떤 수사든 피해자의 증언만큼 명확한 게 없다.

고철상은 이번 사건의 가장 큰 피해자들이다. 대기업들의 담합으로 어렵게 수집한 고철을 제값에 팔지도 못했다.

하지만 지난 수사는 이 피해자들을 건너뛰고 오로지 철강사들만 상대했다.

그게 패착의 원인이 아니었을까?

"어떻게 생각해?"

"좋은 방법 같습니다. 서류로 보는 거랑 현장에서 듣는 얘기는 또 다르죠. 그럼 제가 한번 만나 볼까요?"

"사실 그걸 너한테 맡겨도 될지 모르겠다. 우리가 구체적으로 원하는 얘기가 있는 것도 아니고…… 이건 그냥 막연하게 만나 보는 거거든."

"그럼 저야말로 적격 아닙니까."

"적격?"

"저는 담합 사건 처음이라서 별 도움도 안 될 겁니다. 그보단 이렇게 발로 뛰면서 업계 뒷얘기 따오는 게 적격이죠."

오 과장이 끌끌 웃었다.

"웬일이야? 수사 선봉장에 서겠다고 길길이 날뛸 줄 알았는데."

"제가 의외로 이런 거 잘합니다."

김성균으로 살면서 이런 일 한두 번 해 봤겠나.

하청을 쥐어짜려면 그들이 어떤 동향을 보이는지 늘 머리에 꿰고 있어야 했다.

그래서 더 잘 안다.

때론 이런 뒷얘기에서 결정적 단서가 나온다는 걸. 어쩌면 이게 이번 수사의 성패를 좌우할 수도 있다.

"순순히 자원하겠다니 고맙네."

"맡겨 주십쇼."

"좋아. 그럼 이거 받아. 전국 고물상 전화번호거든? 여기 돌면서 뒷얘기 있나 좀 알아봐."

◎

은은한 고철 냄새. 허름한 차림. 하나같이 나이 든 외모.

한자리에 모인 수집상들은 영문을 몰라 눈만 껌뻑였다.

철강사들이 무슨 나쁜 짓을 했다곤 하는데 솔직히 잘 알아듣지 못했다. 그런데 자신들이 참고인이란다.

"젊은 양반. 그라지 말고 와 불렀는지 퍼뜩 말해 주소. 갱찰도 아이고, 검사도 아이고 공정위가 우릴 와 불렀으예."

“다름 아니라 저희가 지금 철강사들의 담합 사건을 쫓고 있거든요.”

“답함?”

“쉽게 말씀드리면…… 철강사들이 고의적으로 고철 가격을 떨어트린 것 같습니다.”

탁!

부지불식간이었다.

준철의 말을 끝냈을 때 경상도 영감님이 자리를 박차고 일어났다.

“내 그랄 줄 알았다! 내 뭐라 캤노. 우리 고철 가격 이상하다 했제이!”

“어르신. 무슨 이상한 점이 있었나요?”

“안 이상한 게 없었다 아이요. 우리가 뭐 까막눈이도 아이고 뉴스도 못 봅니꺼? 만날 해외에선 철강 가격 상승한다 해쌌는데, 우리가 파는 것만 떨어져!”

영감이 소리를 높이자 사람들이 술렁였다.

“그럼 그 소문이 사실이란 거야? 우리 한 달에 한 번씩은 꼭 물량이 막혔잖아.”

“보고도 모르나! 공정위에서 이래 나온 거면 완전 다 끝났다카이!”

“저…… 아직 끝난 건 아닙니다만.”

“최 사장님 흥분 좀 가라앉혀요. 얘기 좀 더 들어 봅시다.”

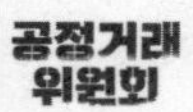

"선생님, 좀 더 자세히 말씀해 주세요. 이게 무슨 말이에요."

역시나 현장에선 불만이 극에 달했구나.

준철은 긴 시간 동안 사정에 대해 모두 설명했다. 그들의 반응은 시시각각 변했는데, 설명이 끝났을 땐 모두들 얼굴이 벌겋게 달아올랐다.

"대기업이 그래도 되는 거야?!"

"어쩐지 뭔가 이상하다 싶었는데!"

"와 이제 왔는교. 우리 할 말 억수로 많다 아입니까!"

특히나 분을 주체 못 한 영감님은 매입일지까지 내밀었다.

"이노마들이 한 달에 한 번씩 물량을 잠근다 아니요."

"물량을 잠근다는 게…… 매입을 안 했다는 겁니까?"

"그래. 고철 가격이 좀 뛴다 싶으면 귀신맹키로 물량을 잠가! 어제까지 사겠다고 달려들던 놈이 내일 돼선 갑자기 안 사 버린다고."

하루 이틀 얘기가 아니었다.

철강사들은 한 달에 한 번씩 물량을 잠갔다. 어쩔 땐 보름에 한 번씩 잠그기도 했다.

그때마다 창고엔 고철이 수십 톤씩 쌓여만 갔고, 이는 곧 매입 가격 인하로 이어졌다.

"진짜로 사람 피 말리게 했어요! 돈 급한 건 우리니까 지들은 느긋한 거야."

"그것 땜에 내가 수집하시는 분들 얼마나 해고했는지 모릅니다."

그럼 그 피해가 어디로 전가되겠나. 골목을 누비며 고철 수집하러 다니는 사람들에게 갔겠지.

철강사들이 5원만 후려쳐도 누군가는 생계가 막막해졌다.

더욱 분노스러운 건 자신들이 당하고 있는 줄도 몰랐다는 거다.

"오죽하면 우리가 TK 놈들한테도 당했다 아이요. 그 시다바리 놈들헌티!"

"시다……바리요?"

"그래, 시다바리! TK는 우리헌티 큰소리칠 군번이 아니야. 대기업들이 고철 다 싹쓸이해 간다고 얼매나 징징댔는데. 만날 우리한테 박카스 들고 와서 물량 좀 남겨 달라, 웃돈 줄 테니까 고철 좀 넘겨 달라 이래 사정사정하던 놈들이라니까."

"그 정도였습니까?"

주변 사람들에게 묻자 하나같이 끄덕였다.

이들 사이에선 진짜 시다바리로 통했나 보다.

"그라던 놈들이 어느 새부터 갑자기 뜸해지고, 우리가 물량 준다고 해도 안 받고. 아주 배째라야."

"이제 보니 다 속사정이 있었구먼!"

불명의 대화로 한 번 들어 봤기에 이게 무슨 말인지 한 번에 이해할 수 있었다.

일곱 개의 담합사 중 가장 물량에 예민한 철강사 아니었나.

"근디 고놈들은 담합을 해도 어설퍼. 누가 중소철강사 아니랄까 봐."

"그건 무슨 말씀이십니까."

"회사 상태가 무슨 당나라 군대다 이 말이여. 거긴 뭐 지시전달이 안 되나. 어쩔 땐 임원이 사 간다 했는디, 직원이 거절하고. 직원이 산다 했는데, 임원이 거절하고. 아주 개판 오분 전이라니까."

준철은 뒤통수를 한 대 얻어맞은 듯했다.

이제야 모든 정황이 이해되었다. 이렇게 조직적으로 가격을 떨어뜨렸으면서도 안 들켰던 방법이.

각 기업 임원이 큰 그림에 합의하고, 실제로 시세 교환하는 건 실무진이란 뜻이다. 이들 사이에서도 소통이 막힐 정도로 보안에 철저했다.

이것도 모르고 임원, 부장들 통화 기록만 실컷 뒤졌으니 단서가 안 나올 수밖에.

'말단들을 쳤어야 되는 거네. 안 그럼 단서 절대 안 나와.'

사원은 너무 약하다. 담합 모의는 아마 대리, 팀장급에서 다 이뤄졌을 것이다.

한 달에 한 번씩 물량을 잠글 정도로 빈번했다면 기록이 없을 수가 없다.

긴 시간 얘기를 듣던 준철은 착잡한 얼굴로 말했다.

“말씀 감사합니다. 한데 왜 이런 얘기를 당국에 안 해 보셨습니까.”

장장 8년이었다.

충분히 신고하고도 남았을 시간이었는데.

“우리 같은 고물상들이 얘기해 봐야 뭔 소용이라고…….”

“속된 말로 우리 같은 놈들이 합심해서 얘기하면 듣겠소?”

“괜히 신고했다가 무혐의 나면 우리만 철강사들 눈 밖에 나는 겁니다. 난 솔직히 대기업이 이렇게 치사하게 나올지도 몰랐소.”

퍽 가슴이 아렸다.

억울함을 당하고도 말을 못 한 사람들이다.

당연하다. 자신들의 말이 통하지 않을 거란 걸 알기에.

“면목이 없습니다, 제가.”

“뭐, 선생님한테 하는 말은 아니니 신경 쓰지 말아요.”

“근데 선생님…… 이거 바꿀 수 있는 겁니까? 지난번에도 무슨 수사한다 얘기 돌던데 그때처럼 끝나는 건 아니죠.”

준철은 결연한 얼굴로 말했다.

“지난번과는 좀 다를 겁니다. 저희도 작정하고 수사 시작했으니.”

“……작정요?”

“제보가 계속 누적돼서 저희도 대대적으로 손볼 거거든요. 대신 선생님들의 협조가 많이 필요합니다.”

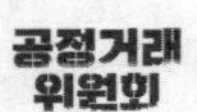

그들이 다시 흥분하기 시작했다.

"도울 거 있으면 무조건 돕겠습니다."

"아, 당연히 도와야지? 뭘 어떻게 하면 되는교?"

"물량 잠갔다고 의심되는 날짜, 모두 저희한테 넘겨주세요. 그리고 사장님들한테 물건 사 간 직원이 누구였는지도요. 도와주시면 저희도 최선을 다하겠습니다."

말이 끝나기도 전에 다들 눈이 이글이글 타오르고 있었다.

질 끝판왕 사망

한명그룹
김성균 본부

담합사들

며칠이 지나지 않아 전국에 있는 고철상들이 매입일지를 보내왔다. 그간 당한 것도 모르고 살았단 억울함 때문인지 이들만큼 수사에 협조적인 사람이 없었다.

그들이 실시간으로 보내오는 고철 매입일지는 담합의 실체를 더욱 구체적으로 확인시켜 줬다.

“그러니까 한 달에 한 번씩 물량을 잠가 버렸다? 고철을 매입할 때도 다 같이 하고?”

“네. 이건 경쟁사가 아니라 자회사 수준입니다. 누가 매입 날짜를 정해 주지 않았다면 불가능한 일이에요.”

철강사들의 매입일지는 군대 제식훈련처럼 딱딱 맞아떨어졌다. 살 때는 다 같이 사고, 안 살 땐 다 같이 안 산다.

만약 이게 주식시장에서 벌어진 일이라면 당연히 작전 세력의 농간일 것이다.

"월초에 고철 매입 주문이 폭증하다가 갑자기 15일에 뚝. 그리고 2주간 아예 거래가 다 끊겨 버립니다. 그리고 30, 31일에 매수 주문이 또 폭증합니다."

한 달 간격으로 이 사이클이 계속 반복됐다.

그게 벌써 8년.

서류를 빼놓지 않고 검토한 오 과장은 고개를 저었다.

수백 명의 고물상들이 어떻게 똑같은 매입일지를 가지고 있겠나. 이건 현장에서 진짜 벌어졌단 일이지.

"역시 현장 돌아다녀야 한다는 과장님 말씀이 맞았습니다. 현장에서 체감하는 사태는 더 심각한 수준이더군요."

"알랑방귀 뀌지 마. 난 아직 그래도 네 수사 방식 동의 못 해."

"과장님! 한 번만 믿어 주십쇼."

"아니, 이 표를 왜 담합사들한테 왜 보내자는 거야? 그냥 바로 소환해서 조사 진행해야지."

오 과장은 이 젊은 놈의 생각을 이해할 수 없었다.

한 시가 급한 마당 아닌가? 증거 나왔으면 기업들 소환해서 벼랑 끝 취조를 해야 한다.

한데 놈은 이걸 각 담합사들한테 보내자고 한다.

"피를 말려야죠."

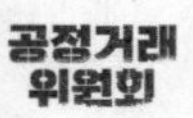

"뭐?"

"어차피 소환해도 이놈들 자백 안 합니다. 이거보다 더 결정적인 증거 들이밀어도 자백 안 할 놈들이에요."

그건 오 과장도 동의했다.

"저희가 급하게 수사하면 이놈들 더 똘똘 뭉칠 겁니다."

"그렇다고 시간 주면 뭐가 달라져?"

"서로를 의심해 볼 시간이 나오지 않습니까. 일단은 이놈들 결속력부터 끊는 게 우선입니다."

준철은 지난 수사 자료를 외우다시피 보며 확신했다.

급하게 진행하다 될 것도 안 되게 만든 수사다.

뭔가를 캐 보겠다 생각하지 말고 이따금 증거 하나씩 던져 줬더라면, 알아서 자멸했을 것이다.

누구보다 서로를 믿지 않는 게 그들 아닌가?

"담합사들 소환은 나중에 해도 됩니다. 한 일주일 뒤? 그 일주일 동안 서로 의심하게끔 먹이 하나 던져 줘 보죠."

"그러다 놈들이 뒤에서 말 맞추면? 아주 그럴듯한 시나리오 들고 오면?"

"만약 그래 준다면 땡큐죠. 지금 상황에서 서로 연락한 흔적 나오면 결정적 증거가 되는 셈인데."

"그런 말이 나오냐? 완벽한 증거 등장하면 놈들만 더 기세등등해지는데."

"이런 상황에서 어떻게 그런 거짓말이 나오겠습니까. 아마 거짓말 꾸며 내다 자기들이 더 자괴감에 빠질 겁니다."

아무리 그럴듯하게 꾸며 봐도 이건 아닌데 싶을 거다.

왜냐면 거짓말이니까. 완벽한 얘기가 될 수 없을 테니까.

"그 생각까지 들면 곧 결속력도 무너질 겁니다."

"이 팀장은 이걸 어떻게 확신하지? 장장 8년이야. 난 놈들의 결속이 이걸로는 안 무너질 거라 보는데."

"그렇다고 무덤까지 함께할 사이는 아니죠. 수집상들 얘기 들어 보니 원래는 물량 경쟁이 치열했다 합니다. 막상 다 들키겠다 싶으면 누구보다 빨리 탈출할 겁니다."

오 과장도 더는 반박하지 않았다.

사실 다른 팀장들이 몇 번 소환을 해 추궁했지만 소득이 없질 않았나. 놈들의 결속력을 무너트리려면 이런 방법도 해 봐야 한다.

"좋아. 대신 딱 일주일이야. 이거 각 담합사들한테 보내고 우린 일주일 뒤에 모두 소환한다."

"예. 그거면 됩니다."

"싹 다 보내."

이튿날 아침.

공정위는 고물상들에게서 제보받은 매입일지를 담합사들

에게 보냈다.

"아니, 대체 왜 매번 이런 제보가 터지는 거야? 작년에 수사 끝냈더니 이번에 또?"

"이건 보안 샜다는 거지! 아니면 누가 우리 배신한 거 아니야?"

"이건 딱 봐도 TK스틸이 정보 준 거야. 아, 제일 적게 먹은 놈이 제일 불만 많겠지!"

"일단은 기다려 보자. 어차피 우성과 동남철강에서 알아서 할 거야."

그 반응은 각양각색이었다. 3, 4위 철강사들은 투톱 철강사들이 사태를 해결해 주길 바랐고, 그 밑에 있는 철강사들은 서로를 의심하기 시작했다. 본디 수사가 시작되면 늘 있는 광경이었지만 이번 수사는 느낌이 자꾸 싸하다.

원래 공정위의 수사 방식은 속전속결 아닌가?

작은 증거 하나만 발견해도 담합사들을 전부 소환했던 놈들이다. 이런 류의 수사는 변명을 만들어 낼 시간이 부족하긴 하나 마음만큼은 편했다.

적어도 일곱 개의 담합사 중 배신자는 없단 소리니.

나만 안 무너지면 들킬 염려가 없었다.

하지만 이 기출 변형은 뭐란 말인가?

큼직한 증거가 잡혔는데 놈들이 소환할 생각을 안 한다. 일주일이면 그럴듯한 거짓말을 만들기에 충분한 시간인데…… 공정위가 자꾸 그 시간을 준다.

그게 자꾸 불안감을 키웠다.

❂

"사장님. 아무래도 공정위가 이번엔 다른 방식으로 수사를 진행하는 것 같습니다."

모두가 이렇게 피 말리는 시간을 보낼 때, 가장 큰 불안에 휩싸인 이들이 있었다.

"작년에 끝난 걸 왜 또 하지?"

"제보가 또 들어왔다고…… 카르텔조사국이 아니라 종합국에서 수사를 한다 합니다."

TK스틸, 사장실.

긴급 소집된 세 사람은 얼굴이 어두웠다.

"담합 제보가 늘 새네? 이거 대체 어디서 샜다는 거지?"

"……."

"일주일의 시간을 줬다?"

"예."

"이유가 뭐야?"

"잘 모르겠습니다. 고물상들이 매입일지를 제출해서 저희 담합 정황을 거의 확실하게 잡은 것 같은데 시간을 줬습니다."

아무리 고민해 봐도 이유를 모르겠다.

왜 자꾸 시간을 주는 걸까.

혹시 더 큰 증거를 가지고 있는 거 아닐까? 그래서 이상한 변명을 해 대면 나중에 더 결정적인 증거를 들이밀려고?

수사 방식도 마음에 안 든다.

지난번과 달리 이제는 발로 찾아다니며 증거를 캐러 다닌다. 전국 고물상들에게서 모은 빅데이터로 목을 움켜쥐는 것 같았다. 고민에 휩싸여 있을 때 한 임원이 덧붙였다.

"이번엔 분위기가 많이 다른 것 같습니다. 보통은 투톱 철강사들 위주로 수사를 하는데…… 이번 소환 일정을 보면 저희 소환 날짜가 더 많습니다."

"내가 가장 걸리는 것도 그거야. 왜 우리지?"

"……."

"시장점유율도 낮고, 담합에 가담도도 적어. 근데 왜 우리가 더 수사받냐고."

추궁하듯 묻자 임원들은 사색이 됐다.

"아, 아닙니다 사장님. 저희 TK스틸에서 말이 샜을 리 없습니다. 제보는 분명 투톱 철강사에서 나왔을 겁니다."

"그걸 어떻게 확신하지?"

"저희는 가담자가 얼마 없으니까요. 이 자리에 있는 사람 말고는 담합에 대해 아무도 모릅니다. 하지만 투톱 철강사는 사내에 모르는 놈이 더 드물 겁니다."

임원 두 명과 부장 하나.

TK에서 담합 사실을 아는 사람은 세 사람뿐이다.

임원들이 다른 철강사를 만나 큰 틀을 합의했고, 부장이 최종적으로 할당량을 받아 왔다. 듣는 귀를 최대한 줄이려고 부장이 직접 납품처까지 뛰어다녔다.

"나도 자네들 중에 배신자가 있을 거라 생각하진 않아. 근데 실수야 할 수 있지. 혹시 우리 거래 기록을 다른 실무자들이 본 거 아니야?"

사장도 납득 안 되긴 매한가지였다. 담합사들 중 가장 소극적이었던 게 TK스틸 아닌가. 담합은 가장 큰 이익을 본 선두주자들이 집중 수사를 받는 건데, 이번 수사는 꼭 TK스틸이 주도자인 것처럼 진행되고 있다.

"단 한 번도 실무자들에게 일 시킨 적 없었습니다. 그 부분은 제가 확신할 수 있습니다."

김 부장이 결연하게 말하자 사장도 더는 추궁하지 못했다.

"김 부장. 그럼 혹시 이상한 점 없었나. 담합 모의할 때 분위기 좀 안 좋았어?"

"아니요. 저희가 우성철강한테 심통 부린 거 말고는 분위기 좋았습니다."

화기애애한 분위기라.

그럼 담합사 중에는 배신자가 없단 뜻이다.

"현재 다른 곳 분위기는 어때?"

"서로 만남을 자제하고 있습니다만 저희랑 비슷한 실정입니다. 어디에서 정보가 샜는지 내부 검토 중입니다."

사장이 짧게 한숨을 내쉬었다.

"대체 어디서부터 잘못된 거야."

"……외람되지만 사장님. 꼬리가 너무 길었던 점도 있습니다."

김 부장이 의외의 말을 꺼내자 사장의 눈빛이 바뀌었다.

"뭐?"

"장장 8년 아닙니까. 시간문제였지 언젠간 들킬 사건이었죠. 저희도 여러 변수를 다 고려해 봐야 합니다. 필요하면 저희라도 살아야 합니다."

그 말에 임원 두 사람이 날카롭게 쏘아붙였다.

"김 부장! 자네 말이 좀 이상하다? 우리라도 살자는 게 무슨 뜻이지?"

"이해하신 그 뜻 맞습니다."

"아니, 그럼 이제 와 배신이라도 하라는 거야? 지금 한 놈이라도 자백하면 다 죽는 거 몰라?"

"그렇다고 다 함께 죽을 수도 없잖습니까. 이제 와 하는 얘기지만 저희는 담합으로 얻어 간 이익도 별로 되지 않습니다. 처벌이 떨어진다 해도 가장 가볍죠."

하지만 공정위의 눈 밖에 난다면 되레 더 처벌이 세질 수도 있다.

"그리고 담합에 가담할 때 저희가 정말 멤버로서 인정받았습니까? 저희한테 약속한 물량 은근히 가로채 가고, 발언권도 안 줬습니다. 기업 작다고 번번이 무시당했죠."

임원들도 이 말엔 반박할 수 없었다.

담합 멤버가 아니라 병풍이었다. 구체적인 가격, 물량은 모두 투톱 철강사들 위주로 정해졌으니.

TK스틸은 사실 담합에 별로 참여하고 싶지도 않았다.

하지만 담합에 가담 안 하면 대기업들이 고철 물량을 싹쓸이해 버리니 울며 겨자 먹기로 참여해 왔던 것이다.

김 부장이 속에 있던 말을 다 끝내자 회의실은 적막해졌다.

"김 부장."

이윽고 사장은 부드러운 목소리로 말했다.

"회사 생각해 주는 건 고마운데 그래도 아직 자백 같은 얘기는 함부로 꺼내지 마. 공정위 수사가 하루 이틀도 아니고, 그냥 이번엔 좀 다른 방식으로 수사해 오는 거 아니야."

"……예."

"담대하게 버텨. 그러다 영 아니다 싶으면 나도 결단을 보이지."

"알겠습니다."

"다들 마음 단단히 먹어. 일단은 안 흔들리는 게 중요해. 내 지시 없이는 아무 말도 하지 마. 난 자네들 믿는다."

"알겠습니다."

이번에도 잘 넘어갈 것이다. 늘 그래 왔듯이.

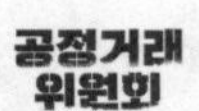

사장은 그렇게 믿고 싶었다.

'피가 좀 덜 말랐나?'

창백한 안색을 기대했는데 다들 혈색이 너무 좋다.

취조실에 모인 7인방은 심술궂은 얼굴로 아무 말도 하지 않았다. 공정위의 수사가 점점 조여 오는 걸 아는지 말조심하는 모습. 정체불명의 대화에서 신나게 떠들 때와 완전 다른 분위기다.

"편하게 인사들 나누십쇼. 서로 구면 아닙니까."

준철은 시작부터 도발적인 말을 꺼냈다.

"이보쇼, 왜 자꾸 사람 성질 긁지?"

"경쟁사들을 한자리에 집합시킨 것도 불쾌한데 뭐, 인사? 구면?"

날카로운 반응을 보인 건 동남, 우성철강이었다.

가장 먹은 게 많으니 이 자리도 가장 불편할 것이다.

"경쟁사라…… 협력사 아닙니까?"

"뭐야?"

준철은 도발을 멈추지 않았다.

"고철 매입 날짜가 딱딱 맞아떨어지는데 협력사 아니냐고요."

"고물상들을 어떻게 구워삶은 건지 모르겠는데 우린 모르는 얘기요."

"지금 이 자료는 전국 고물상들이 준 데이터로 만든 자료예요. 누구보다 잘 알잖아요. 특정 날짜에 물량 잠그고 풀었다는 거."

"못 하는 소리가 없네. 그거 증거 있어?"

"기회를 드리겠습니다. 혐의 시인하세요."

그 순간, 팽팽하게 긴장하던 이들이 슬쩍 웃음을 흘렸다.

자백해라, 다 알고 있다, 이건 보통 결정적 증거가 안 나왔을 때 나오는 단골 멘트 아닌가?

이놈들은 아무것도 모르는 것이다.

"참 내. 증거도 없구먼."

"고물상들은 우리한테 물건 파는 사람들인데 고운 말 하겠소?"

"그놈들은 어떻게든 바가지 씌우려는 놈들이야. 왜 그놈들 말을 믿어."

공정위가 일주일이나 시간을 주었지만 사실 그렇게까지 많은 시간이 필요하지 않았다.

그냥 고물상들을 돈 귀신으로 매도해 버리면 된다.

"그럼 수집상들이 제출한 자료가 허위 진술이다, 이 말입니까?"

"그것도 있겠고 당신네들이 부추긴 것도 있겠지."

"우리 표적 수사 하려고 계속 이상한 말 했을 거 아니야. 그놈들은 당신네 장단 맞춰 준 거고."

준철은 순순히 고개를 끄덕였다.

"좋습니다. 그럼 이건 어떻게 설명하렵니까?"

뒤이어 또 다른 자료가 나왔다.

"참 예술입니다. 각 철강사들의 고철 매입 비율과 시장점유율이 정확히 일치해요. 마치 시장점유율대로 고철 매입을 나눈 것처럼."

"이런 거 자꾸 꺼내지 말고 우리끼리 담합했다는 증거를 대쇼!"

"맞아. 왜 자꾸 간만 보고 있지?"

"이거보다 더 필요합니까? 글로벌 철강 시세가 계속 올랐는데 국내 고철 가격만 떨어졌는데요."

"그러니까 결정적인 증거가 뭐냐고?! 우리가 담합했다는 증거 있어?"

담합사들은 앵무새처럼 '증거'만 외쳤다. 자신이 넘칠 것이다. 8년 동안 한 번도 들키지 않았던 담합이니.

게다가 작년엔 유유히 빠져나가지 않았나.

"증거 가져와 보라고요. 우리가 담합 모의했다는."

준철이 대꾸하지 않자 놈들의 기세가 한껏 올랐다.

"아, 증거 있으면 그냥 여기 있는 사람들 다 기소하면 될 거 아니야. 뭐 땜에 주저리주저리 말이 많아?"

"하기사 작년에도 무슨 사람 하나 죽일 듯이 덤벼들더만 아무것도 안 나오고 허탕 쳤지."

"기업들 이렇게 못살게 괴롭혀서 공정위에 남는 게 뭐요? 철강 수급 불안정해지면 대한민국 전 제조업이 다 위태로워져. 그게 당신네들이 원하는 거야?"

"실적에 눈멀었구먼."

우성과 동남철강은 주거니 받거니 말을 나누며 준철을 압박했다. 말은 준철에게 했지만 실은 다른 철강사들에게 하는 말이었다. 동요하지 말아라. 이놈은 아무것도 모른다. 그러니 저렇게 한마디도 못 하는 거 아니냐.

"그렇군요. 역시 좋은 말로 해선 안 통하는군요."

준철은 이들의 얼굴을 쓱 한 번 살피다 준비한 말을 꺼냈다.

"여기 계신 분들 혹시 태화루라고 아십니까?"

"……뭐?"

"짜장면 한 그릇에 2만 원, 저 같은 공무원한텐 언감생심인 식당이죠. 근데 그 맛있는 음식에 젓가락질 한 번 안 하시더군요."

"무, 무슨 엉뚱한 소리야."

"이런 식당에 누가 마동탁이나 오자룡 같은 이름으로 예약을 해 버리면 눈에 띄겠습니까, 안 띄겠습니까."

기세등등 따지던 놈들 얼굴에 핏기가 가셨다.

이건 내부자가 아니면 절대로 모르는 얘기 아닌가.

"그리고 우성철강. 왜 자꾸 TK스틸 물량 탐내요? 담합해서 물량 나눠 가졌으면 그 선은 정확히 지켜야지. 서로 나눠 먹기로 한 물량 어기면 담합이 오래가겠습니까?"

모두의 시선이 TK스틸에 향했다. 저놈인가? 이건 내부고발이 아니면 나올 수가 없는 정보인데.

"아이고– 그렇게 고개가 휙휙 돌아가면 어떡합니까. 나도 이거 첩보 입수하고 긴가민가했었는데…… 반응 보아하니 아주 없는 얘기는 아닌가 봐요?"

"이봐요. 증거를 가져와 보라니까 왜 자구 엉뚱한 소릴 하지?"

"여전히 이해들 못 하시네. 이봐요들, 당신네들 본질은 경쟁사야. 누가 누구의 뒤통수를 쳐도 전혀 이상하지 않을 경쟁사. 아직도 못 알아먹어?"

준철은 그냥 반말로 지껄였다.

이럴 땐 이런 무례함이 더 메시지를 확실히 전달해 준다.

"우리가 아직 법원에 제출할 증거가 없긴 한데, 뭐 이쯤 되면 시간문제 아니겠어요?"

"……."

"기회를 드리겠습니다. 누가 그거 가장 먼저 가져오실래요. 참고로 우린 1호들한테 항상 파격적인 예우를 해 드립니다."

시끄럽던 취조실엔 이제 숨소리도 들리지 않았다.

“뭐? 자백이 나와?”

“이게 확실하게 나온 건 아닌데…… 그렇게 볼 만한.”

“기면 기고 아니면 아니지! 똑바로 대답해, 무슨 말이야?”

동남철강 최 사장은 머리가 뒤집힐 것 같았다. 취조에 다녀온 유 부장이 도통 알아들을 수 없는 얘기만 꺼냈기 때문이다.

“……저희 중에 배신자가 있긴 한 것 같습니다. 내부자가 아니면 알 수 없는 내용들이 당국 입에서 나왔습니다.”

유 부장은 확신할 수 있었다.

식당 이름에 가명으로 예약한 이름까지 알지 않나? 이건 내부자가 아니면 절대 알 수 없는 정보다.

“한데…… 법원에 제출할 증거는 없다 말했습니다.”

“당최 못 알아듣겠네. 아니, 내부고발이라면 당연히 증거도 있을 거 아니야. 왜 또 그건 없어.”

“……저도 잘 모르겠습니다.”

누구보다 답답한 건 유 부장이었다.

공정위가 뭔가를 아는 것 같긴 한데, 막상 또 증거는 없다지 않나. 정말로 귀신이 곡할 노릇이다. 자신도 이 상황이 이해가 되지 않았다.

도통 알아들을 수 없는 애기뿐이었지만 최 사장은 한 가지

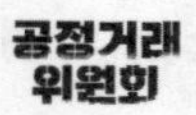

확신할 수 있었다.

재수 없으면 지난 8년의 담합이 모두 걸려 버릴 수도 있다.

"됐고. 그럼 제보를 준 게 TK스틸인가?"

"그럴 가능성이 큽니다만…… 오히려 아닐 수도 있습니다."

"뭔 말이지?"

"만약 공정위가 제보를 그렇게 받았다면 저희들 앞에서 직접적으로 거론하지 않았을 겁니다."

모두가 TK스틸을 의심했지만 유 부장은 오히려 아니란 확신이 들었다. 무식하게 제보자를 특정할 수 있을 단서를 언급하진 않았으리라. 그럼 자백한 놈을 바보로 만들었단 소리니.

"다만 자백을 한다면 TK스틸이 가장 먼저 무너질 공산이 큽니다. 담합 이익도 적고, 지금은 직접적으로 의심까지 받으니."

문제는 이후의 일이다. 1차 취조 한 번으로 모두들 크게 동요하지 않나? 백번 양보해서 이건 실무자들이 어깨너머로 엿듣고 당국에 고발했을 수도 있다. 하지만 만약 여기서 가격 정보를 교환한 사실이 들통난다면 모두 죽는 것이다.

"후우……."

최 사장은 한숨 한 번 내쉬며 말했다.

"이거 그럼 넘겨짚은 거야."

"예?"

"담합사 중에 누가 보안 유지 못 했네. 실무자들이 어깨너머로 엿듣고 고발한 거라고. 식당이랑 가명쯤이야 중간에 샐 수도 있었으니."

"그건 그렇습니다. 아마 그랬을 것 같습니다."

문제는 이후의 대책이다.

"젠장할……."

8년의 담합. 모든 게 다 드러나면 회사가 한 번 휘청일 정도로 과징금이 부과될 텐데…… 이걸 어쩐단 말인가.

"유 부장. 다른 철강사들한테 말 전했나?"

"예. 끝까지 함께하자 했습니다. 자백한 놈은 평생 업계에서 왕따당할 거란 얘기도 했고요."

"그런 말도 은밀하게 해야 해."

"걱정 마십쇼. 흔적이 안 남는 방법으로 의견 교환했습니다. 저들도 우리랑 답답하긴 마찬가지였습니다. 다만."

사장의 눈썹이 꿈틀댔다.

다만?

"TK스틸이 계속 불안합니다. 말씀드렸듯 여긴 담합에 적극적으로 나선 놈들이 아니라서…… 근데 공정위의 수사가 계속 그쪽에 집중되고 있습니다."

"내가 가장 답답한 것도 그거야. 왜 우릴 안 치고 그쪽을 쳐?"

"아무래도 이번 수사의 중점은 약점 공략인 것 같습니다."

공정위의 수사는 너무 속이 보였다.

자백 1호한테는 큰 파격을 보여 줄 거다, 이 말인즉 네들 중에 제일 빨리 자백하는 놈한테 약간의 면죄부를 주겠다는 거다.

하지만 한두 푼 해 먹었을 때나 이게 소용이 있지. 아직 분위기는 동남철강에 유리하다.

"그리고 하나 더 걸리는 게 있습니다."

"걸려?"

"저희 말고 우성철강이 은근히 TK스틸을 무시했거든요. 혹시나 그 감정이 남아 있는지 좀 우려스럽습니다."

사장은 보고를 듣다가 말했다.

"결국 우리도 특단의 대책이 필요하겠구만. 박 이사."

"예."

"빨대 꽂아 놓은 거 총동원해. 맞불 피운다."

"……언론사 말씀이십니까?"

사장이 고개를 끄덕였다.

"그래. 철강이 위기다. 우리가 망하면 다 죽는다고 앓는 소리 해 대. 이거 어차피 저기가 질 수밖에 없어."

"하지만 사장님. 그럼 저희도 불리할 수 있습니다. 유불리를 좀 더 따져 보는 게."

"신중이고 자시고 할 게 어디 있어?! 이거 작년에 했다가 실패한 수사야. 공정위가 실적에 눈멀어서 무혐의 사건 또 건든다고 소문내. 무조건 먹혀."

언론을 함부로 타는 건 위험한데.

그게 자충수가 될 수도 있는데.

임원들은 모두 그리 생각했지만 한마디도 내뱉을 수 없었다. 이미 사장님의 결심이 확고하단 걸 느꼈기 때문이다.

"이 자식들 아직 증거 확보 못 했다는데 초장에 박살 내야지. 계속 시끄럽게 굴어. 그럼 놈들이 먼저 나가떨어진다."

"예."

"다시 말하지만 우린 작년에 한 번 다 수사당했는데, 또 당하는 거야. 이 부분 중점적으로 부각시켜."

"알겠습니다."

모두들 그리 물러가자 사장이 한숨을 내쉬었다.

자칫하면 더 큰 망신을 당할 수도 있는 맞불 작전이다.

하지만 안 할 수가 없었다.

지난 8년의 담합을 모두 들킨다는 건 정말이지 상상도 하고 싶지 않았다.

끝판왕 사망

한명그룹
김성균 본부

벼랑 끝 싸움

[공정위, 고철 가격 담합 조사]

[철강 7사의 담합행위, 아직 수사에 큰 진전은 없어]

이튿날 아침, 예고도 없이 뉴스가 쏟아졌다.

시작은 각 철강사들의 주가 공시였다.

담합사들은 현 상황을 모두 공시에 알렸고, 유례없는 수사 규모에 곧 메이저 언론사들이 가세했다.

보통 공정위는 이런 상황을 반겼다.

언론에 수사 자료를 흘리면서 관심을 끄는 건 당국이 늘 즐겨 쓰는 방식이었으니.

하지만.

[대기업 철강사들 모두 소환, 업계에 미치는 파장은?]

[해당 사안 이미 작년에 한 수사로 알려져]

[1년 만의 재수사, 공정위의 군기 잡기?]

언론사들은 묘하게 공정위를 질타하고 있었다.

고철 가격을 정상화시키면 당연히 원자잿값이 상승하겠다만. 유독 언론사들은 이 문제만 부각시켰다.

어떤 기사는 제조업에 한파가 불어닥칠 것이라 보도했다.

—이러니까 공정위 비대화를 막아야 한다는 거야. —.— 칼자루 주면 기업들 쑤시기 바쁘지?

—철강 가격 인상되면 제조업 몰락 아니냐?

—선박, 차량, 건설, 가전. 이 중에 철 안 들어가는 거 있냐?

—원자재 오르면 결국 인플레이션이지

—바깥에 널려 있는 게 고철이다. 그거 좀 싸게 사는 게 뭐가 나빠? x친 것들이 물가상승은 생각 안 해?

[1년 전에 한 번 실패한 수사]

[작년에 모두 무혐의로 결론 난 사안]

이틀쯤 되자 언론사들은 노골적으로 철강사들 편을 들었다.

과거 공정위의 수사 실패를 집중 부각하며 현 수사를 폄하한 것이다.

—이럴 줄 알았다.

—공정위 놈들 힘자랑하는 거 맞다니까. 1년에 한 번씩 수사하면 기업이 남아나냐고.

—제발 좀 빠져라 철강 건들면 인플레이션이야.

—이런 수사는 일사부재리의 원칙 적용 안 되나? ——

◎

비상소집된 회의실.

여론을 의식한 듯 분위기가 무거웠다.

이런 상황을 예상했기에 되도록 언론을 피하려 했건만…… 이건 예상치도 못했다. 놈들이 먼저 터트려 버릴 줄이야.

"왜들 그리 풀 죽어 있어. 우리 팀장들은 철강사 주식 많이 사 놨나 봐?"

"아, 아닙니다."

"그럼 얼굴 풀어. 처음부터 이 정도 각오는 하고 있었잖아? 우린 우리 일만 하면 돼."

오 과장은 가벼운 농담을 던졌다.

사람은 위기의 순간에 진가가 드러난다 했던가.

누구보다 큰 중압감을 느끼고 있을 텐데, 그의 얼굴에선 그늘 한 점 찾아볼 수 없었다.

“현재 여론 반응 어때?”

“……많이 불리합니다. 언론사들이 작정하고 저희들 치부만 들춰내고 있습니다.”

“특히나 작년에 한 번 수사 실패한 게 치명적입니다. 계속 그 부분을 부각하면서 여론 몰이를 하고 있습니다.”

오 과장은 눈살을 찌푸렸다.

“홍 팀장. 수사 상황은 어때? 자백할 기미가 좀 보여?”

“다 잡은 고기를 눈앞에서 놓쳤습니다. 처음엔 담합 안 했다고 잡아떼다가 나중엔 기억이 안 난다 하더군요. 근데 언론 보도 이후엔 다시 또 잡아떼고 있습니다.”

“그럼 이놈들 전략이 어느 정도 통했구만?”

“네. 여론이 우호적인 것 같으니, 내부 결속이 다시 강해졌습니다.”

현재 분위기를 모두 점검한 오 과장은 어려운 얘기를 꺼냈다.

“좋아, 그럼 이제 허심탄회하게 말해 봐. 놈들이 크게 베팅한 거 같은데 한 수 접어 줄까 아님 우리도 베팅 크게 할까?”

팀장들이 서로 눈치를 살폈고 한 사내가 입을 열었다.

“완급조절이 좀 필요한 순간 같습니다.”

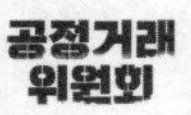

"완급조절?"

"알다시피 놈들은 정말 벼랑 끝 아닙니까. 8년의 담합을 다 들킬 것 같으니 벼랑 끝 전술을 짠 것 같습니다."

"그럼 어떻게? 그게 우리가 확인한 사실인데?"

"4년 치 정도만 처벌하시죠. 단 저희들 수사에 모두 협조하는 전제하에. 그럼 서로 긴 싸움까지 할 필요 없습니다."

다른 팀장들의 침묵은 곧 동의를 뜻했다.

혐의를 반으로 줄여 줄 테니 대신에 나머진 인정해라. 이 정도면 공정위도 체면을 지킬 수 있다.

철강사들도 과징금이 반으로 주니 챙겨 가는 게 있고.

"다른 팀장들은?"

"안 됩니다. 드러난 혐의는 모두 처벌해야 합니다."

하지만 또 산통을 깨는 목소리가 있었으니.

"드러난 혐의가 8년인데 어떻게 저희 마음대로 줄입니까. 직무유기죠. 원칙대로 모두 처벌하고 과징금도 싹 받아 내야 합니다."

오 과장은 준철의 반응을 예상하고 있었는지 피식 웃기만 했다.

"이 팀장, 이건 무슨 직무유기 이런 문제에 해당 안 돼. 수사에 협조한 대가로 과징금 깎아 주는 건 으레 있는 일이라고."

"그럼 8년의 담합은 인정하고 과징금만 깎아야죠. 아예 4

년 치만 인정시키는 것과 차원이 다릅니다."

준철은 목소리에 더욱 힘을 주었다.

"비단 처벌 때문에 이런 거 아닙니다. 철강사들의 언플은 이게 시작이지 끝이 아닐 겁니다."

"그건 뭔 소리야?"

"협의도 인정 안 하는 놈들이 과징금엔 승복하겠습니까? 분명 수천억대 과징금이 될 텐데. 이놈들은 날고 기는 변호사들 다 동원해서 과징금도 깎으려 들 겁니다."

준철은 확신했다.

돌아가는 꼴을 보아하니 과징금도 승복 안 할 놈들이다.

"어차피 법원까지 갈 사안인데 저희가 미리 배려해 줄 필요는 없죠."

지금 물러서면 앞으로 남은 싸움에서도 계속 물러나야 한다.

"좀만 더 시간을 주십쇼. 반드시 자백 받아 오겠습니다. 이거 한 놈만 무너지면 끝납니다."

담합을 한 적 없다, 에서 기억이 나지 않는다로 바뀌었다.

목전에서 놓치긴 했다만 아직 해 볼 만하다.

오 과장은 혀를 끌끌 차며 한숨을 내쉬었다.

"그럼 일주일 안으로 받아 와. 다른 팀장들도 마찬가지. 만약 못 받으면 방금 논의한 플랜 B로 간다."

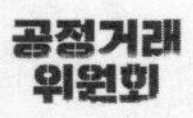

단독 소환된 TK스틸은 불만을 감출 수 없었다.

끌려 와도 담합을 주도한 투톱이 끌려와야 하는데, 애꿎은 자신만 소환되지 않았나.

김 부장은 연거푸 한숨을 내쉬며 괜히 초조한 마음을 달랬다. 그래도 현재 돌아가는 여론 분위기가 나쁘지 않았다. 공정위의 취조 수위도 그리 거세지 않을 것이다.

"툭 까놓고 말할게요. 뭘 버티고 있어요. 고작 그거 먹어 놓고선."

하지만 문을 열고 들어온 젊은 놈이 그 예상을 산산조각 냈다.

"뭐요?"

"다른 철강사들이 수백억, 수천억씩 먹었을 때 TK스틸은 얼마나 챙겨 갔냐고요. 심지어 물량도 뺏겼잖아요. 이게 동지예요? 호구지."

"뭔 엄한 소리 하고 있어?! 담합한 적 없다니까."

"이제 와 그 소릴 믿으라고요?"

"믿든가 말든가! 그리고 데려와서 물어볼 거면 다른 놈들 데려와서 물어봐. 당신 말대로면 우린 남겨 먹은 것도 별로 없는데, 왜 자꾸 우리만 소환해?"

때론 주먹보다 여드름이 난 자리에 딱 밤 한 대가 더 아픈

법.

자존심 한번 긁어 주니 놈이 바로 이성을 잃었다.

"우리가 TK스틸만 소환해서 불만이 많으신가 봐요."

"그럼 없겠소?"

"이런…… 기회를 드리고 있는 건데. 저희가 TK스틸을 소환한 건 그나마 갱생의 여지가 있어 보여서입니다."

기회라는 말에 놈의 눈빛이 바뀌었다.

준철은 서류 하나를 내밀었다.

"수집상들이 한목소리로 말하더라고요. TK스틸은 시다바리다. 대기업 철강사들이 물량 싹 쓸어 가니까 만날 수집상 찾아와서 박카스 돌렸다."

"계속 자존심 긁는 이유가 뭐지?"

"그런 사람들이 어느 순간 태도가 싹 바뀌었어요. 이유가 뭘까요?"

그가 서류를 응시했다.

"TK스틸이 담합에 가담해서 물량 보장받았으니 그랬겠죠. 여기 증거 싹 다 모았습니다."

"무, 무슨."

"근데 그 물량 배분 잘 안 지켰죠? 우성철강이 영남권에 있는 고철 물량을 싹 쓸어 갔잖아요."

도대체 이놈은 그 얘기를 어떻게 알까.

"그것도 뭐 시답잖은 이유 댔죠. 보안 유지한다고 실무자

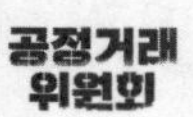

한테 전달 못 했다. 근데 그거 알아보니까 아니데요. 우성이 TK 무시한 거 맞아요. 고의적으로 물량 매입한 정황 다 확보했습니다."

이젠 진짜 소름이 돋았다.

내부자, 그것도 회의에 참석한 놈이 아니면 절대로 알 수 없는 대화였기 때문이다.

"당신 나 유도신문하는 거면 그만둬. 그거 위법이야."

"지금 이런 상황에서 유도신문이란 얘기가 나옵니까. 당신들이 모인 식당, 가명으로 쓴 이름, 오고 간 대화까지 다 나왔어. 이쯤 되면 누군가는 이미 배신하고 있구나, 감이 와야지 않겠어?"

머리를 한 대 얻어맞은 듯했다.

맞다. 이건 절대 내부자가 아니면 알 수가 없는 내용이다.

만약 실무자들이 어깨너머로 들은 얘기라면 당시 무슨 대화를 나눴는지까지 알 수 없다.

"우린 이번 사건에 최소 3천억대 과징금 때릴 겁니다. 기소? 이런 과징금 때리면서 형사처벌 안 하는 것도 우습지. 당연히 실무자들 모조리 다 기소할 겁니다."

"……."

"이제 결정하세요. 왕따시키고 무시하던 놈들이랑 순장당할래요. 아님 TK라도 살래요."

김 부장은 손이 떨렸다.

이것은 공정위가 주는 마지막 기회가 될 것이다. 실무자를 처벌한다 했으니, 공정위가 기소도 할 것이다.

그렇게 긴 시간이 흘렀을 때, 착잡한 얼굴로 말했다.

"나도 한 가지만 물읍시다."

"말씀하세요."

"공정위 얘기 들어 보면 분명 배신자가 있는 것 같은데…… 그럼 증거도 다 확보한 거 아니요."

가장 걸리는 부분이다.

분명 대화를 들어 봐선 많은 얘기가 오갔을 거 같은데, 왜 자꾸 자신을 공략하려 드는 걸까.

"서로 간 보고 있어요."

"간?"

"아주 결정적인 걸 제출하진 않는데 서로 간만 보고 있다고요. 여차하면 바로 배신할 수 있을 만큼."

"그, 그럼 다른 사람들은 이미 얘기를 했다는 거요?"

"아니면 저희가 이걸 어떻게 파악하겠습니까."

"……."

"그러니 그냥 얼른 시원하게 자백하고 저희 혜택 받아 가세요. 저희는 저런 정황 백 마디보다 한 가지의 증거를 원해요."

김 부장은 무너지고야 말았다.

이미 다른 놈들은 조금씩 얘기를 하고 있었다니.

하긴 그게 아니면 이런 정황을 공정위가 알 턱이 없지.

자신이 너무 순진하게 접근한 것이다.

멍청했던 것이다.

우성철강에게 물량을 뺏기면서도 그걸 오해라고 생각하지 않았나.

그렇게 긴 시간이 흘렀고, 김 부장이 입을 열었다.

"만약 자백하면…… 정말 이 처벌 수위를 지켜 주실 겁니까."

준철은 씩 웃었다.

"당연하죠. 저희 예상보다 더 협조해 주시면 더 큰 대우를 해 드리겠습니다."

"해…… 했습니다."

준철의 눈썹이 올라갔다.

"……우리 철강사들끼리 담합을 했고, 수시로 연락 주고받으면서 시세 교환했습니다. 그 대화 기록 저한테 있습니다."

"사실입니까."

"예. 담합했습니다. 8년 동안 담합한 자료, 모두 가지고 있습니다."

드디어 자백이 나왔다.

—(공지) 호남에서 고철 물량 8톤 남았대. 이거 '잔여' 물량인데 어떻게

나눠?

—호남이면 우리 태광에서 가졌으면 싶은데.

—송 부장 욕심 너무 크다.

—뭐가 커? 저번에 충청도 물량은 다 영실에서 챙겨 갔잖아? ——

—그거야 800키로고 이건 8톤 아니야!

—나도 나누는 거에 찬성. 잔여분은 우리가 담합 논의 안 했던 물량이야. 시장점유율대로 나눠.

—서울 소재에 있는 그린자원이 자꾸 고철값 올리려 한다. 다른 사람들 들은 얘기 있어?

—나도 들었다. 5원 더 올려 달라 그러지? 그 자식들 우리 계속 이간질 시키면서 가격 싸움 붙이려 해.

—이런 건 투톱이 좀 나서서 교통정리해.

—오케이. 그럼 당분간 그린자원에서 파는 고철은 받지 마.

—언제까지? 그래도 그린자원 물량이 제법 되는데.

—딱 두 달만 굶기자. 버르장머리 제대로 고쳐 놓고 나중에 사.

—(긴급공지)! 부산공정위에서 영남권 담합 조사 들어갔다. 고철 매입

—수사부처 어디야? 공정위 본청이야?

—그냥 부산위에서 자체 조사 들어간 것 같아.

—아이고— 다행이네. 근데 갑자기 웬 수사? 주변에 뭐 들은 얘기 있어?

—얘기 들어 보니 고물상들이 그냥 한 번에 신고한 것 같다.

—요즘 들어 고물상들 하극상 너무 빈번하다. 유 부장, 우리 이거 버릇 한번 잡아야지 않아?

–한 두어 달 납품받지 말자. 고물상들은 굶겨야 버릇이 잡혀.

–오케이. 일단 부산공정위에서 수사 중이니까 당분간은 몸조심하고. 끝나면 다시 대책 논의해 보지.

[공지 – 이번 주부터 고철 물량 2주간 잠급니다.]

[공지 – 다음 주 대책 회의 오후 1시. 영선호텔 태화루 식당. 예약자명 : 마동탁]

"됐어!"

오 과장은 쾌재를 질렀다.

말만 무성하던 담합의 실체가 드디어 드러났기 때문이다.

담합사들은 고철 가격을 올리는 수집상들을 블랙리스트로 따로 관리했다. 공정위 수사가 뜨면 서로 수사 소식도 주고받았다.

"이 모든 게 다 기록에 안 남는 메신저로 교환했다는 거지?"

"예."

용의주도한 놈들.

적발될 경우까지 생각해서 특수 메신저로 의견을 교환하다니. 이랬으니 증거가 나올 리 없다.

"근데 TK스틸은 이 대화록 왜 가지고 있었던 거야?"

"보험용으로 가지고 있었답니다. 가장 규모가 작은 철강사라 매사 다 기록으로 남겼어요."

다행스럽게도 TK스틸은 이 모든 대화 기록을 캡쳐본으로 가지고 있었다. 만약 그들까지 증거인멸을 했다면 이번 수사의 실마리는 영영 찾지 못했을 것이다.

"과장님 이 정도면 충분하겠습니다. 바로 줄소환해서 이 증거 다 보여 주죠."

"대화 내용에 모임 장소, 예약자명까지 나왔습니다. 더 잡아떼지도 못할 겁니다."

모처럼 회의실엔 활기가 돌았다.

빼도 박도 못할 완벽한 증거 아닌가? 실시간으로 쏟아지는 편파 보도를 한 번에 반전시켜 줄 자료다.

"일단 언론에 저희가 확보한 증거 바로 흘리죠."

"담합사 중 한 곳이 스스로 자백했으니 이건 게임 끝입니다."

오늘 아침 뉴스도 작년에 실패한 수사 얘기만 나왔다.

어디 이 자료를 보고도 그런 소리가 나오는지 보자.

모두가 피의 복수를 말할 때 준철이 조심히 말을 꺼냈다.

"그것도 좋지만 좀만 더 영악하게 하는 건 어떨까요."

"영악하게?"

"사실 사람들은 철강사들 담합엔 관심 없어요. 이것 때문에 철강 가격 오르고 물가 상승하는 거 아니냐가 걱정인 거지. 저희가 아무리 확실한 증거 퍼트려도 여론은 한 번에 돌아오지 않을 겁니다."

"그럼 뭐 생각해 둔 거 있어?"

"이 사건의 최대 피해자들 인터뷰. 그게 나가면 사람들 반응도 바뀔 겁니다."

오 과장의 눈매가 커졌다.

"수집상들 말하는 건가?"

"예. 제가 현장 돌아다니면서 느꼈는데 이 모든 담합 피해는 수집상들에게 전가됐습니다."

수집상들, 소위 말하는 고물상들.

이들은 엄동설한에도 길에서 고철을 수집하는 사람들이다. 대부분 나이 든 노인으로 형편도 어렵다.

철강사들은 그런 사람들의 등을 처먹었다.

뉴스 보도는 이런 점을 어필해야 한다.

"이 팀장 의견도 나쁘지 않네요. 기사 제목도 딱 나오고."

"근데 수집상들이 그런 인터뷰를 해 줄까? 수사 끝나면 결국 갑을 관계로 돌아가야 할 텐데."

오 과장이 고개를 돌렸다.

"이 팀장. 그건 나도 우려하는 바다. 지금도 충분한 거 같은데 굳이 쐐기 골까지 박아야 하나?"

"이건 쐐기 골이 아니라 골든골입니다. 지금 상태로 가면 반 대 반이에요."

"왜 반 대 반이야? 증거 나온 이상 이미 우리가 역전한 거 같은데."

"이거보다 더한 증거가 나와도 철강사들은 버틸 겁니다. 8년의 담합 아닙니까. 수천억대 과징금이 떨어질 텐데 할 수 있는 발악을 다 할 겁니다."

준철은 확신했다.

놈들은 마지막까지 처절하게 발버둥 칠 것이다.

"그걸 사전에 차단하려면 완벽한 증거뿐 아니라, 완벽한 여론도 필수입니다."

오 과장은 준철의 말을 한 번에 이해했다.

수천억대 과징금이 부과될 텐데 놈들이 순순히 응하겠나? 날고 기는 변호사들 섭외해서 투쟁을 이어 나가겠지.

어쩌면 진짜 싸움은 지금부터일지도 모른다.

"조금만 더 시간을 주십쇼. 제가 수집상들 설득해서 피해 사실 인터뷰해 달라고 하겠습니다. 여론도 뒤집히고 증거까지 확실하면 놈들도 긴 싸움 못 합니다."

오 과장은 긴 한숨을 내쉬더니 말했다.

"좋아. 마지막으로 그거까지 해 보자."

"그니께 이게 무슨 말입니꺼? 증거를 다 잡았다 이 말입니

꺼?"

"예. 담합사들 중 한 곳에서 직접 얻은 증거입니다."

"그럼 배신자가 나왔다는 겁니까?"

"예. 나왔어요."

다시 모인 수집상들도 이전과 분위기가 많이 달랐다.

준철이 내민 대화 기록을 모두 읽었을 땐 분통이 터져 버렸다.

"이, 이 처죽일 노무 새끼덜! 뭐? 우리들 버르장머리를 고쳐?!"

"가격 올리면 왜 거래가 뚝 끊기나 했더니! 이거 다 뒤에서 조종하고 있었네!"

"그린자원 굶긴다는 얘기는 나도 들어 본 거야! 아니 근데 이게 다 사실이었어?"

이들의 심정이야 오죽할까.

버르장머리를 고친다, 굶긴다, 물량 잠근다. 이 모두 자신들의 생존을 위협했던 말이다. 전전긍긍했던 지난 세월을 생각하면 놈들의 멱살을 쥐어틀고 싶었다.

"선생님. 그럼 이렇게 해서 파악된 담합 이익이 얼마입니까?"

"총 2조 원대로 계산되었습니다."

"이런 말 뭣하지만…… 그럼 저희가 피해 보상도 받을 수 있는 겁니까."

준철은 침을 꿀꺽 삼켰다.

"죄송합니다만…… 피해 구제는 못 합니다. 하지만 과징금은 때릴 수 있어요."

"얼마나요?"

"3천억으로 계산하고 있습니다."

팡!

노인이 자리를 박차고 일어났다.

"아, 그럼 하이소!"

"처먹은 돈이 2조? 솔직히 3천억도 싸요! 더 매길 순 없습니까?"

"……이것도 저희가 최대치로 계산한 돈입니다. 공정위 과징금 규모로는 역대 네 번째 정도니."

준철은 이들을 진정시키며 어렵사리 말을 꺼냈다.

"해서 부탁드리고 싶은데, 사장님들이 좀 나서 주실 수 있습니까."

"저희가 나서라꼬예?"

"아시다시피 지금 여론 분위기가 좋지 않아요. 이번 수사 때문에 철강 가격이 오른다, 다른 제조업에 피해가 미칠 거라는 등."

"내도 뉴스 봤습니더! 근데 거 미친놈들 아입니꺼? 우리 고혈 짜 먹어서 철강 가격 내려간 건데."

"사리에 안 맞죠. 그리고 고철 가격 싸게 후려쳐서 소비자

들한테 싸게 팔지도 않았어요. 자기들이 팔 땐 다 제값 받고 팔았으니."

기업이 사는 고철 가격은 내려갔지만, 소비자에게 파는 재가공 상품은 시장가격 그대로였다.

담합으로 얻은 이익 모두 기업 주머니로 갔다는 것이다.

"그러니 거기에 대해 증언을 해 주십쇼."

"증언이라 함은……."

"현장의 생생한 목소리가 필요합니다. 어떤 부당함을 당하셨는지 있는 그대로 말씀해 주시면 됩니다."

하루 종일 고철을 수집하러 다녔으면서도 제값을 받지 못했던 할머니, 할아버지들.

국민들에게 이걸 이해시켜야 한다.

철강사들이 누구의 돈을 가로채 왔는지, 그리고 아직까지 저 모양인지.

"뭔 말인지 알겠습니다만 우리한테 피해가 오진 않을지……."

"걱정 마십쇼. 당연히 모두 익명의 인터뷰를 진행될 겁니다."

"……솔직히 그건 잘 모르겠습니다. 어차피 이 사건 끝나면 저흰 결국 철강사들 눈치 봐야 하는 입장인데."

"눈 밖에 나고 싶지는 않네요."

현실적인 고민이었기에 준철도 원망하는 마음은 들지 않

았다.

"그럼 아마 이번 과징금은 1천억도 안 될 겁니다."

"예? 아니 왜요?"

"철강사들은 절대 저희 과징금에 승복 안 할 거거든요."

"증거가 이렇게 나왔는데요?"

"이보다 더한 증거 가져와도 놈들은 계속 싸울 겁니다. 법원까지 가서 10원 한 장이라도 깎아 보려 할 겁니다."

아직 여론이 우호적이니 놈들은 끝까지 싸울 거다.

말장난 잘 치는 변호사들이 나서면 과징금도 줄 것이다.

이건 곧 나중에 언제고 다시 재발할 수 있다는 뜻이다.

"하, 고만하라 하이소! 마이 처묵었다 아입니꺼?"

모두가 침묵을 지킬 때 영감님이 다시 나섰다.

"어뜩하믄 되겠는교. 그냥 당한 거 고대로 얘기하면 되는 겁니꺼?"

"예."

"할매들이 힘들게 고철 주워 왔는데, 이놈들이 안 산다고 빼겨서 다 물리고. 단가 내려가서 돈 덜 주고, 우리랑 그 사람들이랑 싸우고. 그냥 이런 얘기 하라 이 말입니꺼?"

"예. 아주 정확합니다. 그것만 하시면 됩니다."

노인이 눈을 돌렸다.

"딴 사장들도 잘 생각해 보그라이. 이 돈을 처먹고도 처벌 제대로 안 받으면 이놈들 또 한다 아이가. 그 짓거리 또 당할

끼가?"

"저, 저도 할게요. 제가 고철값 올리려 했을 때 물량 잠그기 당한 사람입니다. 저 증거도 있어요."

"저도 할게요! 고철 수집해 온 할머니, 할아버지들한테 내가 얼마나 미안했는데."

"생각해 보면 이 새끼들 사람이 아니야. 어떻게 그 돈을 등쳐먹어!"

이들은 이 사건의 직접적인 피해자들이다.

공정위의 분노와는 차원이 다른 분노가 느껴졌다.

"선생님도 약속 하나 해 주이소. 그카면 진짜 과징금 다 물릴 수 있지예?"

"저희는 관련자들 기소까지 할 생각입니다. 주동자들은 실형 못 피해요. 만약 놈들이 계속 싸운다면 저희도 끝을 볼 겁니다."

기소, 구속, 실형.

듣는 것만으로도 한이 풀리는 단어다.

"하모 내부터 하겠습니더. 인터뷰 잡아 주이소."

"예. 감사합니다."

적반하장도 유분수지 이걸 감히 벼랑 끝 전술로 돌파해?

이런 놈들은 그냥 피똥을 싸게 만들어야 한다.

질 끝판왕 사망

한명그룹
김성균 본부

고마해라, 마이 묵었다

[속보 - 공정위 다수의 증거 확보]

[담합사 중 한 곳 수사에 협력]

TK스틸을 통해 입수된 자료는 그대로 전파를 탔다.

장 시작 전에 터진 속보는 증권시장을 초토화로 만들기 충분했다.

제조업의 쌀이라 불리는 철강 아닌가? 그것도 담합 기한이 8년이다. 제조업계엔 악재도 이런 악재가 없었다.

–원자재 리스크

–철강 가격 인상 불가피?

—제조업계 바짝 긴장

주가 공시로 범죄 사실이 공표되자 코스피 전체가 출렁거렸다.

철을 원재료로 쓰는 모든 제조업계에 파란불이 켜진 것이다.

"다음 소식입니다. 국내 고철 담합행위를 조사 중인 공정위가 오늘 아침, 내부자의 증언을 확보했단 소식입니다."

"담합사 한 곳이 대화 기록을 제출하며 범죄를 시인한 것인데요. 이번 재수사에선 작년에 증거 불충분으로 종결된 혐의를 재확인했다 알렸습니다."

"이에 따라 코스피가 하락장으로 시작한 가운데. 이번 사태가 철강 가격 상승으로 이어지진 않을지 제조업계가 모두 긴장하고 있습니다."

공중파 3사는 물론 케이블까지.

리모컨을 돌리는 족족 해당 소식이 특보로 보도되고 있었다.

"한편 다수의 전문가들은 담합 이익이 시장에 반영되지 않았다고 분석하고 있습니다. 철강사들이 재가공해서 판 제품은 글로벌 시세와 별 차이가 없다는 게 그 이유인데요. 자세한 소식 김한영 기자가 알아보겠습니다."

준철이 공을 들였던 현장 르포 기사였다.

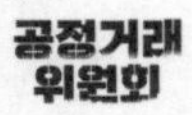

—그러니까 늘 가격이 이상했다는 말씀인가요?

—(음성변조) 하모예. 우린 그게 당하고 사는지도 몰랐지. 나도 뉴스는 보는데 매일 국제 시세는 올라. 그란데 철강사들이 매입하는 고철 가격만 떨어져.

—그럼 벌이가 얼마나 줄어든 겁니까.

—(음성변조) 후려친 단가가 20% 아입니꺼. 100만 원 벌던 사람이 갑자기 20만 원 덜 벌었겠지예.

—그걸 현장에서 체감하고 계셨습니까?

—(음성변조) 말도 마이소. 고철 수집해 온 할마이들 퇴짜 놓은 게 몇 번인 줄 아십니꺼? 뭐 뉴스 보니까 이것 땜시 철강 가격 오른다 뭐다 말 많더만 택도 없는 소립니더. 고놈들이 우리 피 빨아먹으려고 고철 가격 후려쳤지 어디 소비자 위해서 그랬겠십니꺼?

—원자재 상승 우려가 지나치단 말씀이시군요.

—(음성변조) 당연하지예. 이거 다 고철 수거하는 사람들한테 쓰여야 할 돈이었습니더. 언론에서 자꾸 글케 몰아가면 안 되지예. 자꾸 그라믄 우리도 고철 수집 안 할랍니더.

익명을 통해 나온 현장 르포는 공분을 자아냈다.

철강사들이 누구의 돈을 후려쳤는지 명확해졌으니.

현장 르포 기사는 특히나 고철 수집상인들의 고단한 일상을 조명했다.

—보시는 대로 일반 리어카에 고철을 가득 담아 봤습니다. 기자들이 하루 동안 직접 거리에서 수집한 양입니다. 이건 과연 얼마나 받을 수 있을까요?

리어카에 가득 실은 고철이 겨우 4만 8천 원밖에 받지 못했을 때.

—글로벌 시세를 감안하면 최소 6만 원 정도의 일당을 받을 수 있는 양인데, 보시는 바와 같이 가격이 20%나 줄었습니다.

사람들의 이성은 끊어졌고, 한목소리로 철강사들을 욕했다.

—미친놈들!
—처먹을 돈이 없어서 그 사람들 돈을 강탈하냐?

원자잿값 상승 우려는 단번에 불식되었다.

—그래 놓고 소비자 핑계 댔다는 거 아니야. —.— 인플레이션 온다고.
—누가 보면 자선사업 단체인 줄 알겠네. 그것도 8년이나 담합해 온 놈들이.
—공정위는 지금까지 이거 왜 못 밝혔냐? 이번엔 제대로 처벌해라!

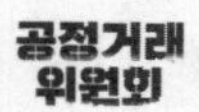

시장은 항상 빠르다. 이길 것 같은 놈들의 편을 드니까.

주가가 무너지는 건 민심이 이미 패소를 예견하고 있다는 거였다.

이 사태의 주동자인 동남철강은 참담한 얼굴로 뉴스 기사를 읽었다.

“유 부장. 이거 어떻게 된 일이야? 진짜 배신자가 나왔어?”

이 담합을 주도한 동남철강은 여론의 십자포화를 맞았다.

주가 게시판은 이미 초상집이 됐고, 사내 홈페이지는 이미 마비가 된 지경.

“……아무래도 배신자가 나온 것 같습니다.”

“뭐?”

“TK스틸요. 그놈들이 저희 내부 정보를 다 넘긴 것 같습니다.”

힘이 쫙 풀렸다.

“넘겼다면 얼마나?”

“8년치 전부 다…….”

눈앞이 껌껌해졌다.

공정위를 압박하려고 언론 플레이를 강행했는데, 그게 되레 외통수가 될 줄이야.

덕분에 모든 스포트라이트를 받으며 만천하에 범죄 사실을 알리게 됐다.

바로 이 모든 것을 자초한 사장은 한숨조차 나오지 않았다.

"사장님. 저희도 이제 현실적인 방법을……."

"정신 나간 소리 마! 8년의 담합이 모두 다 걸렸는데 과징금이 얼만지는 알아?"

"……."

"김 이사. 태성로펌 좀 불러 봐. 이젠 과징금이라도 깎아 봐야 해."

◎

확실히 뉴스로 언플하길 잘했다.

다시 방문한 동남철강은 완전히 초상집 분위기였으니.

오 과장을 필두로 공정위 팀장들은 사옥 VIP실로 향했다. 오늘은 항복 문서를 가져가야 할 중요한 날이다.

"처음 뵙겠습니다. 태성로펌 박철민 변호삽니다."

하지만 문을 열고 들어섰을 때, 굉장히 불쾌한 이들이 공정위를 반겼다.

"태성로펌?"

"사정은 다 전해 들었습니다. 현재 담합 조사를 하신다고."

"그 얘기 다 끝난 지가 언젠데? 오늘 과징금 통보하러 왔소. 담당자 어디 있습니까?"

"저희가 법률 대리니 저희한테 말씀하세요."

법률 대리라.

오 과장은 기가 차서 비웃음이 나왔다.

"여긴 어떻게 예상을 한 치도 안 빗나가지? 범죄 사실 다 들통나니까 이젠 과징금 협상을 해 보겠다?"

"자 자— 앉아서 얘기합시다. 우리의 해명이 필요한 부분도 많아요."

오 과장은 심드렁한 얼굴로 자리에 앉았다.

"먼저 말씀해 보쇼."

"공정위에서 확보한 증거 중 상당수가 업계 사정을 모르고 꺼낸 것 같습니다."

"어떤 부분이요."

"구매팀장들끼리 일하다 가격 교환한 건데, 그게 마치 담합처럼 왜곡됐단 말이죠."

"그 말을 믿으라고 하는 소립니까? 경쟁사끼리 시세 교환을 왜 해요?"

대답이 한 번 막혔다.

말도 안 되는 소리였으니.

"뭐 원래는 그래선 안 되지만. 작은 착오였죠. 누가 운전할 때 정지선, 과속 다 지키고 운전합니까? 때론 불법 유턴도 한 번씩 하고 그러는 거죠."

"그러다가 사람을 치셨네? 그럼 책임지셔야지."

"뭐요?"

"뉴스 안 봤소? 고철을 리어카로 한 트럭이나 실었는데 5만 원도 안 나옵디다. 당신네들 실수 때문에 누군가는 밥줄이 막혔어. 이건 어떻게 책임질 거야?"

"그 문제는……."

"그리고 8년 동안 담합했으면서 무슨 불법 유턴을 운운해?"

따지고 보면 무면허 음주운전에 가깝다.

고의성이 이렇게 다분한 담합이었는데!

"다 필요 없으니 책임자 나오라고 하쇼."

"자, 잠시만요. 수사 과정에서 공정위의 위법 사항이 다수 발견되었습니다."

"뭐?"

"수사 팀장 하나가 지속적으로 유도신문을 했다 말했습니다. 유도신문 이거 위법인 거 아시죠?"

변호사들은 급하게 화제를 돌렸다.

수사 과정에서 흠을 찾는 건 변호사들이 즐겨 쓰는 방식이다.

"대답해 보세요. 왜 유도신문했습니까. 이준철 팀장이 누구죠?"

"접니다만."

"아, 본인입니까? 젊은 사람이 그럼 안 되지. 왜 유도신문 합니까?"

"무슨 말씀인지."

"당신이 계속 떠봤다면서요. 마치 다른 사람이 다 자백해서 수사당국은 다 알고 있는 거처럼. 확인되지 않은 얘기까지 거론하면서 떠봤잖아요."

오 과장은 피식 웃으며 물었다.

"이 팀장, 그런 적 있어?"

"아니요. 전혀 그런 적 없습니다."

변호사의 얼굴이 시뻘겋게 달아올랐다.

"없긴 뭘 없어? 사람들 다 모인 자리에서 태화루, 마동탁, 오자룡 같은 얘기 꺼내면서 압박했더구먼. 그 얘긴 어디서 듣고 유도신문했지?"

"첩보였어요. 익명의 관계자가 준."

"그니까 그 첩보가 어디서 나온……."

"제가 그거까지 설명해야 합니까?"

준철은 가까스로 웃음을 참으며 무표정하게 대답했다.

억울할 것이다. 준철이 한 건 유도신문이 맞으니.

정체불명의 대화에서 본 내용을 마치 내부고발인 양 떠들었고, 덕택에 TK스틸이 걸려들었다. 하지만 이를 과학적으로 설명할 방법은 없다.

"만약 지금 거짓말을 한다면 법정에서 책임질……."

그리 말하고 있을 때 오 과장이 자리에서 일어났다.

그러곤 들으라는 듯 목소리 높였다.

"과징금 통보하러 왔는데, 웬 날파리 새끼들이야?"

"뭐? 날파리?!"

"할 얘기가 그렇게들 없어? 수사 과정에서 흠결 밝혀내면 우리가 과징금 깎아 줄까 봐? 택도 없는 소리! 담합사들 모두 다 기소할 거야. 이 정도 액수면 내가 책임지고 실형까지 받는다."

끼익.

그때였다. VIP실 안쪽에 있는 문이 열리더니, 각 철강사들의 사장들이 기어 나왔다.

지금까지 뒷문에서 이 상황을 모두 지켜보고 있었던 것이다.

"어디 숨어 계신가 했더니 거기 있었구먼."

"결례했습니다. 저희 법률 대리가 본의 아니게 실수를 했군요."

"당신네들이 각본을 써 준 게 아니라? 됐고. 우리 오늘 과징금 통보하러 왔소."

오 과장이 바로 그들에게 서류를 내밀었고, 이들의 얼굴엔 핏기가 싹 달아났다.

과징금 액수는 어느 정도 예상했지만, 정말 이 액수를 다 부과했을 줄이야.

동남철강 1,500억, 우성철강 800억…… 도합 3천억. 일곱 개의 담합사들은 모조리 다 철퇴를 맞았다.

"이, 이건 너무 과도합니다. 이러다 철강업계 휘청거려요.

제발 저희들 사정도 감안해서…….”

"이 팀장. 수집상인들 만나 보니 어쨌다고?"

오 과장은 듣기 싫다는 듯 말을 끊었다.

"생계가 곤란할 정도로 위협을 받았다 합니다. 더러는 아예 파산한 수집상도 있고요."

"철강사들은 이런 처지를 생각해 준 적 있습니까?"

"……."

"그것도 아니면서 어떻게 봐달라 소리가 당연하게 나오는지?"

"……."

"그리고 당신들은 상대를 잘못 골랐어. 우리가 과징금 깎으려는 놈들 한두 번 상대해 봤겠습니까?"

사장들 머릿속엔 그간의 일이 주마등처럼 지나갔다.

공정위 압박하려고 언플까지 하지 않았나. 이런 마당에 협상하자는 건 정말 턱도 없는 말이다.

"우리랑 법정 싸움까지 가고 싶으면 마음대로 하쇼. 근데 내가 한 말은 빈말 아닙니다."

"무슨 말씀인지."

"법정 싸움 가면 우린 주동자들 다 잡아서 깡그리 다 기소할 거요. 이 정도 액수면 집유? 절대 불가능하지. 끝장을 보고 싶으면 어디 한번 진짜 봐 봅시다."

오 과장은 기소를 해 버리겠단 협박을 남기고 자리를 벗어나 버렸다.

자리에 남은 사장단은 한동안 입을 열 수 없었다.

◎

아침 댓바람부터 서초구는 떠들썩했다.

담합사 일곱 곳이 모두 입건 처리됐으며, 1시에 소환됐기 때문이다.

새벽부터 대기하던 기자들은 각 철강사들이 입장할 때마다 플래시 세례를 퍼부었다.

—한 말씀만 해 주십쇼. 담합 내용을 모두 인정합니까?

—과징금이 수천억에 이를 것이란 전망이 있던데, 어디까지 사실입니까?

—해당 사안을 법정 싸움까지 갈 겁니까?

출석하는 철강사들 얼굴은 썩어 들어갔다.

기자들이 민감한 질문을 거리낌 없이 퍼부어 댔으니.

"……성실히 수사에 임하겠습니다."

원론적인 답변만 되풀이했고, 서둘러 자리에 벗어나기 바빴다.

하지만 모두가 다 이런 싱거운 대답을 할 순 없었다.

—동남철강은 현재 담합 주동사로 알려졌습니다.

—철강사들의 담합을 주도한 게 사실입니까?

마지막 동남철강이 입장했을 때, 기자들은 더욱 거세게 달려들었다.

세간에선 주동자 기업만 강하게 처벌할 것이란 추측이 나돌았다. 아무리 8년의 담합이었다 한들 철강사 전체를 다 구속할 순 없었으니.

당사자인 동남철강은 초췌한 몰골로 포토 라인에 섰고, 준비한 원고를 들었다.

—먼저 일련의 사태와 관련해 국민께 우려를 끼쳐 드린 점, 진심으로 사죄드립니다.

처음으로 나온 담합사들의 사죄 성명이었다.

일대는 백야 현상을 방불케 할 만큼 플래시 세례가 터졌다.

—거두절미하고 말씀드리자면, 현재 논란이 되고 있는 담합 혐의를 모두 인정하기로 하였습니다.

기자들 사이에선 탄성이 나왔다.

법정 싸움까지 갈 줄 알았는데, 이렇게 순순히 자백이 나오다니.

이건 공정위와 철강사들이 뒤에서 담판을 지었단 뜻이다.

—먼저 경위에 대해 말씀드리겠습니다. 저희 일곱 개 철강사들은 8년 동안 고철 가격 폭을 공동으로 결정하였습니다. 담합은 구매팀장과 실무자들 간 중요 정보 교환을 통해 이루어졌는데 각 구매팀장이 은밀하게 중요 정보를 교환하는 방식으로 담합을 지속하였습니다.

심지어 그의 입에선 구체적인 정황까지 흘러나왔다.

—다만 저희가 담합을 하게 된 배경은…… 악의적으로 가격을 다운시키려 했던 것은 아닙니다. 고철은 수집해서 얻을 수 있는 재료로 늘 공급이 불안정했습니다. 고철이 적게 수집된 달에는 특정 철강사가 물량을 싹쓸이할 수 있어 내부에서 고충이 많았습니다.

—하여 불안정한 수급을 타개하려 서로 물량을 나누기 시작했던 것이 오늘에 와 이런 결과를 낳고 말았습니다. 하지만 이는 현 사태에 대한 변명이 될 수 없을 것입니다. 이번 일로 피해를 입으신 수집상 및 수거상인들께 진심을 다해 사과드리고 싶습니다.

그는 카메라들 앞에서 고개를 꾸벅 숙이고 다시 원고를 들었다.

—마지막으로 저희는 잘못을 바로잡는 데 최선을 다하겠습니다. 공정위의 모든 수사에 협조하겠습니다.

그렇게 발표가 끝났을 때, 기자들의 질문이 빗발쳤다.

—공정위 수사에 어디까지 협조하겠다는 겁니까?

"당국에서 과징금과 시정명령을 내리면 이의제기 없이 모두 따를 계획입니다."

—과징금이 수천억대가 될 거란 전망이 있었습니다만? 모두요?

"방금 말씀드린 대로 모두 승복입니다. 이외의 다른 법적 조치는 전혀 고려하지 않고 있습니다."

할 수 있는 모든 발악을 다 해 봤는데 안 되겠더군요.

이게 그의 속마음이었다.

—방금 수집상인들에게 사과를 하셨는데, 하면 이들의 피해를 구제해 줄 구체적인 보상안도 있습니까?

"송구스럽습니다. 저희도 이런 피해에 대해 보상을 할 수 있는지 다각적으로 방법을 검토해 보겠습니다."

—없다는 얘기 아닙니까?

"……최대한 긍정적으로 고려하겠습니다."

점점 대답하기 곤란한 질문이 나오자 그가 자리를 벗어나기 시작했다.

하지만 그의 발걸음을 붙잡는 질문이 튀어나왔다.

—그렇다면 향후 기소는 어떻게 되는 겁니까?

"……."

—공정위는 담합 주동자들을 엄벌할 것이라 발표했는데요. 형사처벌은?

"그건 저희도 처분을 기다리고 있습니다. 모쪼록 당국의 너른 이해와 선처를 부탁드립니다."

이건 기자들에게 하는 말이 아닌 공정위에 하는 말이었다.

모두 반성하고 시키는 대로 할 테니 한 번만 봐달라…….

"그래서 입건 처리까지 했어?"

"예. 오늘 담합사들 모두 검찰에 소환됐습니다."

"무슨 얘기가 나왔어?"

"그냥 늘 했던 얘기를 반복한 수준이었죠. 다만 이전과 달리 담합 혐의에 대해 인정은 확실히 했습니다."

카르텔조사국 국장실.

오 과장은 해당 사안을 모두 카르텔국 국장에게 보고했다.

"작년에 우리 카르텔국에서 실패한 수사도 이번에 다 확인했다지?"

"예. 역시 그 또한 담합이었습니다. 오늘 자백 나왔고요."

맞은편에 있던 심 과장은 뚱한 얼굴로 자리를 지켰다.

쥐구멍이라도 찾고 싶을 것이다. 본인이 반대한 수사를 종합국에서 완벽하게 성공해 버렸으니. 게다가 자신들이 증거 불충분으로 마무리했던 작년 사건까지 다 이번 취조에서 드러났다.

하 국장은 한동안 서류를 유심히 보더니 이내 덮었다.

"어째 종합감시국하고 우리는 늘 불편한 것 같아?"

"아, 아닙니다."

"들을 얘긴 들었어. 두 사람이 대판 한 번 했다고?"

"수사 방향에 대해 좀 이견이 있었던 겁니다."

"내가 아는 얘기와는 좀 다른데? 우리 카르텔국이 걸림돌이었다 하더구만."

하 국장이 뼈 있는 말을 던지자 심 과장 얼굴이 달아올랐다.

오 과장은 재빨리 나섰다.

"아닙니다, 국장님. 카르텔국에서 지난 수사를 잘해 놓아서 저희가 이번 사건 조사하는 데 수월했습니다."

"그런가?"

"예. 임원들 통화 기록까지 다 확보해 놓지 않았습니까. 저희는 이 완성된 증거에서 자백 하나만 얻어 냈을 뿐입니다. 운도 많이 따랐고요."

"그리 말해 준다면 고맙네."

하 국장은 분위기를 살피다 조심히 말을 꺼냈다.

"고생 많이 시켰으니 남은 일은 우리가 하지. 과징금 받아 내는 건 우리가 할 거야. 물론 오해는 마. 실적 가로채거나 밥숟가락 얹겠다는 건 아니니."

"별말씀을요. 저희도 과징금을 받아 내는 것까진 할 여력이 없었습니다. 카르텔국에서 도와주시면 저희야말로 감사합니다."

카르텔국장이 눈을 돌렸다.

"심 과장."

"예."

"방금 말 들었지? 우리는 과징금만 받아 내는 거다. 종합국에서 싹 다 마무리해서 넘겨준 수사니까 자넨 돈만 제대로 받아 와."

"……알겠습니다."

심 과장은 이제 수치심을 넘어 굴욕감까지 들었다.

"근데 오 과장. 이거 입건 처리까지 했던데 진짜 끝까지 밀고 갈 생각인가?"

"아닙니다. 이놈들이 로펌 데려와서 과징금 깎으려 하기에 저희도 겁 좀 줬습니다."

"그럼 관련자 형사처벌까진 안 할 거지?"

"네. 언론발표 보니 저희 수사에 협조할 것 같습니다. 그럼 저희도 형사처벌은 안 하는 게 낫지 싶습니다."

하 국장은 들을수록 속이 쓰렸다.

저런 놈이야말로 밑에 두고 싶은 과장인데.

"그리고 무슨 로펌에서 유도신문했네 마네 했던 부분이 있는데 이건 뭐야?"

"그냥 전형적인 트집 잡기죠. 수사 과정에서 절차상 미흡했던 부분 찾아서 과징금을 협상하려 했던 것 같습니다. 알아보니 아무 문제 없었습니다."

뒷마무리는 또 얼마나 깔끔한가.

혹시나 생길 절차상 문제도 용납하지 않았다.

"이런. 괜히 또 얘기가 길어졌구먼. 알겠어. 이건 이제 우리가 마무리하지."

"네. 그럼."

그렇게 오 과장이 자리를 뜨자 두 사람 사이에 찬 공기가 흘렀다.

하 국장은 긴 한숨을 내쉬더니 심 과장에게 서류를 건넸다.
“들을 얘긴 들었지? 절차상의 문제도 없고, 담합사들의 자백도 나왔으니까 가서 과징금만 받아 와.”
“……예.”
“이놈들 영악해. 앞에선 시인했는데 막상 또 돈 내려 할 때는 무슨 변명이 튀어나올지 모른다. 한 푼도 깎아 주지 마. 3천억 다 받아 오는 게 자네가 꼭 해야 할 일이야.”
하 국장이 강조하며 말하자 심 과장이 슬쩍 운을 뗐다.
“근데 국장님. 이거 고발 부처엔 저희까지 들어가야 하는 거 아닙니까?”
“뭐?”
“방금 오 과장도 말하지 않았습니까. 지난 수사 자료가 탄탄해서 자기들이 수사하기 편했다고. 이런 점을 감안하면 고발 부처는 저희랑 종합국 둘이어야죠.”
밥숟가락 얹고 싶다는 얘길 어쩜 이리 뻔뻔하게 하는지.
“아니, 솔직히 고발 부처는 저희 아닙니까? 엄밀히 말해 종합국은 서포트를 해 준 건데…….”
“왜? 막상 저렇게 밥상 차려진 거 보니, 다 처먹어야 속이 시원하겠어?”
“……예?”
“밥숟가락 얹는 건 성에 안 차고 그냥 밥상을 뺏어 오자, 그 소리 하고 있는 거 아니야.”

"그 말씀이 아니라……."

쾅–!

"아무 소리 안 하고 있으니까 지금 내 속이 어떤지 모르지?"

"아, 아닙니다."

"우리가 해야 할 일을 종합국에서 마무리한 것도 쪽팔린데 뭐? 기초 수사가 튼튼해서 성공한 거다? 고발 부처는 우리다?"

하 국장은 하나 남은 인내심도 끊어져 버렸다.

"그럼 네들은 왜 못 했어?! 밥 먹고 하는 일이 담합 캐러 다니는 놈들이 왜 종합국만 못 해?"

"국장님. 그 말씀이 아니라."

"아니긴 뭘 아니야! 내가 그간 잠자코 있었던 건 네들 편이라서 그런 게 아니야. 그래도 네들이 작년 수사에서 최선을 다했다 생각해서 아무 소리 없었던 거지! 누가 쪽팔린 거 몰라서 점잔 떤 줄 알아?"

"죄, 죄송합니다. 제가 실언했습니다."

하 국장은 듣기 싫다는 듯 서류를 내동댕이쳤다.

"그걸 알면 맡긴 일이라도 제대로 처리해. 다시 말하지만 이 돈 한 푼도 못 깎아. 이번 년 안으로 그 돈 다 못 받으면 너 서울에서 일 못 할 줄 알아."

땅바닥에 떨어진 수사 자료가 모든 걸 말해 준다. 하 국장의 분노가 극에 달했다는 걸.

심 과장은 창백해진 얼굴로 서류를 집어 들고 얼른 자리에서 물러났다.

"멍청한 놈이 질투심만 많아 가지고선."

하 국장은 혀를 찼다.

내색은 안 했지만 정말이지 면이 안 서는 자리였다. 자신들의 치부를 종합국에서 대신 만회해 준 것 아닌가.

이 사실도 쪽팔린데 망언까지 들으니 분노가 폭발하고 말았다.

그는 긴 한숨을 내쉬더니 내선 전화를 들었다.

"어, 난데. 우리 이번에 종합국에서 자료 넘어올 거야. 철강사 담합. 그거 그냥 이 과장이 맡아. 아니, 별 얘기 묻지 말고. 그냥 이 과장이 심 과장한테 가서 달라고 해. 그리고 그 과징금 반드시 받아 와."

담당자를 바꾸고 나서야 분이 좀 가셨다.

"쯧. 머저리 같은 놈."

카르텔국장은 푸념을 늘어놓으며 서류를 정리했다.

질 끝판왕 사망

한명그룹
김성균 본부

해외 연수

"과장님. 찾으셨다고……."

"응. 앉아."

준철은 급한 부름을 받고 과장실에 도착했다.

"고생했다. 이번에도 한 건 했구먼?"

"과장님께서 다 잘 지시해 주신 덕분입니다."

"입바른 말 안 해도 돼. 수집상들 인터뷰 좋았다. 덕분에 여론 한 번에 반전시켰어."

변호사 대동해서 과징금까지 깎으려 했던 놈들이다. 여론이 지금처럼 불리하지 않았다면 끝까지 싸웠겠지.

그 수고를 덜 수 있었으니 이번 수사의 가장 큰 주역이나 다름없다.

"뭐 남은 일 더 있나?"

"아니요. 분부하신 대로 모두 카르텔조사국에 넘겼습니다."

"혹시나 해서 하는 말인데……."

"과장님 전 미련 없습니다. 당연히 카르텔조사국에서 마무리 지어야죠."

실적에 눈먼 팀장들은 맡은 수사를 절대 남의 손에 안 넘긴다. 지금처럼 완벽히 끝난 사건이면 더욱더.

하지만 이놈은 미련 한 점 없이 카르텔국에 자료를 모두 넘겼다. 군소리도 않는 녀석이 대견하게 느껴졌다.

"아쉬움이 남지? 맡은 사건 끝까지 끝내고 싶고."

"아닙니다. 제 주인 찾아갔다 생각합니다."

"그리 말해 준다면 고맙고. 실적 뺏길 염려는 하지 마라. 그 문제는 카르텔국 국장님이 직접 정리했으니."

"네, 감사합니다. 한데 어인 일로……."

오 과장이 서류를 들고 일어났다.

"나도 국장님께 마무리 보고 드릴 참이거든. 근데 국장님이 이 팀장을 특별히 좀 보자신다."

"아……."

"표정이 왜 그래? 국장님 만나기 싫어?"

"아, 아닙니다. 저 같은 말단이 국장님 뵙는 게 흔치 않아서요."

"흐흐. 그래, 흔치 않은 기회야. 눈여겨보고 있단 거니까

자부심 가져도 좋아."

그는 준철의 어깨를 다독이다 시선을 돌렸다.

"근데 이 팀장. 나도 하나만 묻자."

"네."

"놈들이 태화루에서 정기적인 모임을 가졌다는 건 어떻게 알았어? 너 진짜 유도신문했냐?"

"아닙니다. 수집상들에게 탐문수사 하다 비슷한 제보를 받았습니다. 담합사들이 정기적으로 모이는 식당이 있는데, 거기서 시세 정보가 오간 것 같다고."

과학적으로 설명할 수 없는 일이었기에 적당한 변명으로 둘러댔다.

"그럼 이놈들이 마동탁, 오자룡이란 가명으로 식당 예약한 건? 설마 수집상들이 거기까진 알고 있지 않았을 테고."

아뿔싸! 실수했다.

이렇게 집요하게 물어볼 줄 알았다면 좀 더 그럴듯한 거짓말을 준비해 둘걸.

준철이 잠시 당황한 얼굴을 보이자 오 과장이 한숨을 내쉬었다.

"그냥 TK스틸이 말해 준 거 아니야. 지레 겁먹고."

"……예?"

"국장님 앞에서도 그렇게 버벅댈 거야?"

"아, 아닙니다."

"규모가 제일 작은 철강사라 공정위 상대해 본 경험이 별로 없었지? 그래서 좀만 겁줘도 금방 무너졌지? 식당 예약할 때 쓴 가명까지 말해 주고."

"예. 맞습니다. 위법적인 취조는 전혀 없었습니다."

아, 시나리오를 읽어 주신 거구나.

"잘 숙지하고 있어. 괜히 절차적인 문제 거론되면 또 골치 아파지니까."

"예, 알겠습니다."

오 과장은 한 번 더 시나리오를 숙지시킨 후 자리에서 일어났다.

◎

"별거 없었습니다. 태화루 얘기를 꺼내니까 놈들이 지레 겁먹고 무너지기 시작한 거죠. TK철강은 공정위를 상대해 본 경험이 별로 없어서 겁먹고 술술 자백했습니다."

"어째 얘기가 헐렁한 것 같은데. 정말 나한테 숨기는 거 없어?"

"전혀 없습니다. 저놈들이 유도신문 얘기 꺼내는 건 괜히 절차적 하자 트집 잡는 겁니다. 수사 과정에서 위법적인 일은 전혀 없었습니다."

오 과장은 '전혀'라는 단어를 강조했다.

유도신문이야 어느 정도 있었겠지. 하지만 그게 불법 녹취 같이 판을 뒤집을 만한 흠집은 아니다.

"그래. 설사 있었더라도 이미 증거 다 확보한 마당에 더 발광하진 않겠지."

김태석 국장은 시선을 틀어 준철을 봤다.

"올해의 공정인."

"예. 종합국 이준철 팀장입니다."

"이번에도 자네 활약이 아주 대단했다고? 담합사들한테 자백까지 직접 얻어 냈고."

"운이 컸습니다. 함께 수사하다 제가 얻어걸린 것 같습니다."

김태석 국장이 허허 웃었다.

"오 과장 설명은 그게 아니던데? 수집상인들 인터뷰 내보낸 거 자네가 하자 했다면서."

"그것도 운이……."

"오 과장. 이 친구 원래 이렇게 재미없는 타입이야?"

"오늘은 유난히 점잔을 빼는군요. 평소 제 앞에선 할 말 안 할 말 다 하는데."

두 사람은 크게 웃었지만 준철은 고개를 들 수 없었다.

"아무튼 좋아. 우리가 전문 부처도 아닌데 이만하면 잘 해결했어."

"예. 국장님 그리고 나머지는 다 카르텔국에 넘겼습니다."

참으로 기특한 부하 직원들이다.

일이면 일. 절제면 절제. 어느 것 하나 나무랄 데 없이 완벽하다.

김 국장은 다시 준철에게 시선을 틀며 부드러운 목소리로 말했다.

“그냥 고생했다는 말 한마디 하려고 불렀다. 종합국 대표해서 공정인상 타 준 것도 고맙고.”

“감사합니다, 국장님.”

“앞으로 더 열심히 해. 나도 일 잘하는 직원 얼굴 자주 보는 게 좋거든.”

“네. 더 열심히 하겠습니다.”

씩씩한 대답에 김 국장도 흡족한 웃음을 보였다.

“오 과장. 그 얘기는 전달했나, 해외 연수?”

“아, 벌써 확정이 났습니까?”

“응. 다음 주 월요일부터 2주간. 장소는 아직 결정된 거 없는데 FTC에 직접 견학 갈 수도 있고, 그쪽 연사를 초빙할 수도 있다.”

FTC? 해외 연수?

“보아하니 아직 못 전했구먼. 이 팀장, 자네 다음 주에 연수 다녀올 거야.”

“예? 전 연수 신청한 적이 없는…….”

오 과장이 허벅지를 꼬집었다.

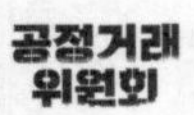

그냥 어련히 알아들어!

"위원장님이 얼마나 예쁘게 보셨는지 퇴임하기 전에 자네를 적극 추천하고 가셨거든."

"아, 예."

"흔치 않은 기회야. 공정위 전체 직원 중에서 스무 명밖에 선발되지 않았으니."

사정은 잘 몰라도 해외 연수가 회사에 어떤 의미인지 안다. 일 잘하는 놈들에게 주는 포상 휴가 아닌가?

교육을 핑계로 해외 나가서 실컷 휴양을 즐기는 여행이다.

"종합국 대표해서 가는 거니까 준비 단단히 하라고."

"좋은 기회 주셔서 감사합니다."

"나한테 감사 안 해도 돼. 박 위원장님이 추천하고 가신 거니."

"예. 책임감 가지고 더 열심히 임하겠습니다."

"좋아, 자넨 나가 봐. 난 오 과장과 할 얘기가 있으니."

담담히 표정 관리를 해 보려 했지만 새어 나오는 웃음은 참지 못했다.

세상에나 그냥 보내 주는 것도 황송한데, 추천자가 전임 위원장이라니!

미국은 한명 그룹에 있을 때 빤질나게 많이 돌아다녀 본 곳이다. 이번 해외 연수는 스펙과 휴양을 동시에 챙기는 완벽한 재충전이 될 것이다.

준철이 고개를 꾸벅 숙이고 나가자 김 국장이 피식 웃었다.

"예상보다 많이 점잖은데?"

"저 친구가 내숭도 떨 줄 아네요. 일할 때는 아주 거품 물고 달려드는 놈인데."

"그래?"

"네. 사실 이번 사건도 저희는 맡을 생각이 없었습니다. 근데 이놈이 국내 시장점유율이랑 고철 점유율 다 분석해서 이거 문제 있는 지표라고 가져왔습니다."

오 과장도 이번 사건은 맡기 싫었다. 구린내는 풀풀 풍겼지만 카르텔조사국과의 관계가 있었으니까.

하지만 팀장 놈이 그런 증거를 다 가져온 마당에 거절할 명분이 없었다.

"칼을 든 게 저놈 때문이다?"

"곪은 부분 도려내고 봉합 수술까지 시킨 것도 저 친구죠. 여론전 대응 안 했으면 아마 지금까지 수사하고 있었을 겁니다."

"듣는 내가 다 민망하구먼. 내 앞이라고 너무 챙겨 주는 거 아니야?"

"이것도 많이 축소해서 보고드린 겁니다."

오 과장의 너스레에 김 국장은 크게 웃었다.

"근데 국장님. 원래 해외 연수는 다 미국으로 보내 주는 걸

로 아는데, 이번엔 안 갈 수도 있습니까?"

"안 그래도 그 말 하려 했다. 사실 이번엔 국내에서 교육시킬 거야. 인사처에서 다 결정 났어."

"갑자기 왜 국내에서……."

"만날 미국으로 연수 보내 주니까 다들 놀러 다니기 바빠. 그렇게 해서 연수가 되겠어? 해서 커리큘럼 싹 다 바꿨지."

"그럼 이번 연수는 진짜 공부시키려 보내는 겁니까?"

"응. 일정 아마 타이트할 거야. 일과 시간엔 핸드폰도 압수하고 공부만 시킬 거거든. 그리고 각 조를 나눠서 연사가 내준 과제도 발표할 거다."

뭔가 석연치 않은 설명이다.

해외 연수야 포상 휴가 개념이니 즐기는 게 당연하다. 이에 선발되는 사람도 조직에서 큰 공이 있는 사람들이다.

위로 차원에서 적당히 풀어 주는 게 관례인데, 왜 난데없이 수험 생활을 시키겠단 말인가.

"정말 그 이유가 답니까."

"왜?"

"핸드폰까지 압수해서 공부시키는 연수는 처음이라서요. 다들 수사 성과가 큰 팀장들일 텐데 좀 가혹한 스케줄인 것 같습니다."

사람 눈치하고는.

김태석 국장은 짧게 혀를 찼다.

"사실 그쪽 연방거래위원장이 한국에 내한하기로 했다."

"연방거래위원장이면 그…… 라니에 칸 말씀이십니까?"

"맞아, 이번에 우리 쪽 고위직과 3박 4일로 면담 일정이 잡혔거든."

"아…… 근데 그게 연수하고 무슨 상관이?"

"칸 위원장이 특별히 우리 실무진을 만나 보고 싶다 해 왔어. 말해 뭐 해? 이런 자리엔 무조건 참석시켜야지."

미 연방거래위원회(FTC)

이곳은 국제 공정위나 다름없다.

그곳의 수장인 위원장은 다국적기업들이 줄 서서 만나는 사람이다.

그런 그가 한국 실무진을 직접 만나 주겠다는데 무슨 얘기가 더 필요한가?

인사처는 워싱턴 일정을 모두 취소하고 그녀의, 그녀에 의한, 그녀만을 위한 스케줄로 재편성했다.

라니에 칸이 선정한 주제로 발표까지 듣는 자리를 가졌다.

"아이고…… 그럼 이번 해외 연수는 보통 연수가 아니겠군요."

"암- 우리 업계에서 국빈급 인사가 내방한 자린데, 철저히 교육시켜야지."

오 과장은 문득 미안한 마음이 들었다.

힘든 사건 마무리해서 포상 휴가 준다 생각했는데 해병대

캠프를 보내 버린 것 같다.

"근데 국장님. 라니에 칸이면 역대 위원장 중에서도 가장 종잡을 수 없는 사람 아닙니까?"

"그래. 그러니까 이번에도 갑자기 한국 실무진을 만나고 싶다 하지."

"최연소 거래위원장이라 들었는데…… 확실히 젊은 감각이 다르긴 다르군요."

김 국장은 실실 웃으며 준철의 인사평가서를 뒤적거렸다.

"슬쩍 귀띔 한번 해 줘. 이번에 우수분임 선정도 그 사람이 하거든. 올해의 공정인상도 탔겠다. 그거까지 하면 금상첨화겠구먼."

"우쥬 플리즈 섬띵 투 드링크?"

워싱턴D.C. 낭만의 도시.

미국 동부가 재미없다는 편견은 다 할리우드(서부)에서 만들었을 것이다.

김성균이 기억하는 워싱턴은 낭만의 도시였다.

도시 전체가 문화재로 지정된 조지타운, 신호등마다 자리잡고 있는 미슐랭 가이드 식당.

메이저리그 경기가 열리면 내셔널스 파크는 광란의 도가

니가 되었다. 펍에 앉아 구경했던 훌리건들의 패싸움은 아직도 잊히지가 않는다.

"아임 슈어. 위일 비어 굿 비즈니스 파트너."

자연경관은 또 어떤가?

레이건 공항에서 한 시간만 비행기를 타면 버지니아비치였고, 늘씬한 미녀들을 감상하며 먹는 햄버거는 스테이크보다 훌륭했다.

차로 30분 거리에 떨어진 칼리지 파크는 여의도 면적보다 넓었다. 느긋하게 먹는 호텔 조식은 출세했다는 걸 여실히 느끼게 해 주었다.

"정 대리. 이제 와 발음 연습해서 뭐 해? 어차피 다 통역 쓸 건데."

"아, 김 부장님. 그래도 바이어들한테 인사라도 몇 마디 건네야 할 것 같아서요. 모쪼록 열심히 하겠습니다."

"씩씩해서 좋구먼. 어차피 윗선에서 다 얘기 끝났고, 우린 도장만 찍어 가면 돼. 나랑 함께 온 거 자체가 일 잘했다는 보증이니 쉬엄쉬엄하라고."

해외 바이어들 만나는 폼 나는 직장인.

그것이 김성균의 일상이었다.

수행원들은 늘 그런 김성균을 우러러보았다.

그땐 참 좋았었는데.

"우쥬…… 플리즈? 썸띵 투 드링크."

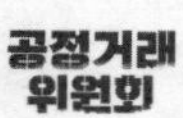

준철은 그때 미뤄 뒀던 발음 연습을 해 보며 감상에 젖었다.

버지니아 전경이 보이는 그 햄버거집은 아직 있을까? 악명이 자자했던 내셔널스 파크의 훌리건들은?

◎

"경주요?"

"그래, 서라벌연수원. 이번 해외 연수는 거기서 교육하기로 했다."

오 과장은 그 부푼 꿈을 단박에 깨 주었다.

"아니…… 그게 어떻게 해외 연수입니까? 워싱턴으로 가는 거 아닙니까."

"인사처에서 특별히 내린 결정이니 이해해. 미국으로 보내주면 다 놀러 다니느라 교육이 제대로 안 된다더군."

여기까진 그런대로 이해할 수 있었다.

세금으로 운영되는 공무원 연수야 그럴 수도 있지.

하지만 2주간의 혹독한 일정을 들었을 땐 한 가닥 남은 인내심마저 끊겼다.

"핸드폰을 걷고 교육을 시킨다고요? 분임까지 나눠서 조별 발표를 시킨다고요?"

"……커리큘럼이 좀 타이트해졌다더군."

"과장님 이럴 거면 저 그냥 일하겠습니다. 차라리 일이 더 재밌을 것 같습니다."

이런 반응을 예상했는지 오 과장이 만류했다.

"눈 딱 감고 다녀와. 이거 무조건 가야 하는 자리야."

"대체 왜……."

"라니에 칸. 미 연방거래위원장이 내한할 거거든. 실무진 만나서 특별히 대담 자리를 갖기로 했어."

그제야 상황 파악이 끝났다.

미국에서 높은 사람 오니까 최정예 팀장들을 갈아 넣겠다는 거 아닌가.

"당연히 보상도 따라와. 이번 연수에 참여하는 팀장들에겐 상당한 고과점수가 주어질 거야. 이 팀장은 행시 출신인데 길게 봐야지?"

"아무리 그래도 핸드폰까지 걷는 건 심한 거 아닙니까."

"면학 분위기 조성한다고 분위기 좀 잡는 거야. 설마 2주 내내 다 뺏겠어? 그냥 인사처 한번 이해해 줘."

그놈의 연방거래위원장이 뭐라고!

준철이 짙은 한숨을 내쉬자 오 과장이 슬쩍 물었다.

"근데 이 팀장. 라니에 칸이 누군지는 아나?"

"……최연소 위원장 아닙니까. 미국에서도 논란이 꽤 됐었던."

"왜 논란이었는지는 알고?"

"강력한 플랫폼 규제론자라서……? 솔직히 잘은 모릅니다. 뉴스로 본 게 다입니다."

라니에 칸…… 별명이 '플랫폼(빅테크) 킬러'라고 했던가?

본래 미 법학계에서는 플랫폼이 시장을 독점해도 소비자의 이익이 늘면 독과점이 아니다, 라는 견해가 주류였다.

그래서 에이마존, 고글 등을 적극 규제하지 않았다.

하지만 그녀는 박사 논문 한 편으로 이 통념을 부쉈다.

단기적으론 그게 맞는 듯 보였으나 결국 시장을 독점했을 때 기업들은 본색을 드러냈다.

"그 정도만 알고 있어도 다행이네. 일단 이거 받아."

"이게 뭡니까?"

"칸 위원장이 박사 때 썼던 논문. 《반독점 역설》 알지? 국내에 출판된 번역본이 별로 없는데 내가 어렵게 구했어."

이런 거까지 구해 주는 걸 보니 대략 연수 분위기가 어떨지 예상이 갔다.

핸드폰 압수는 쇼가 아니라 진심일 것이다.

"그리고 이 팀장 이런 연수 처음이지? 이번에 선발된 스무 명은 다 행시 출신들이야. 사실상 행시 동창회지. 그럼 누구한테 붙어야겠어?"

"붙다니 무슨……."

"분임 말이야. 자네들 조별 발표까지 해야 한다니까."

"……."

"무조건 연차 높은 사람이랑 같이해. 어차피 다 머리 좋은 사람들만 모였으니까 그냥 경험 많은 사람들한테 붙으라고."

준철은 오 과장을 딱한 얼굴로 봤다.

교육이고 뭐고 그냥 시간만 때우다 올 생각입니다. 솔직히 지금 준 이 자료는 훑어보지도 않을 겁니다.

"알겠습니다. 최선을 다하겠습니다."

"주책스럽지만 난 이 팀장이 우수분임에도 선정됐으면 좋겠어."

"노력해 보겠습니다."

영 떨떠름한 대답이었지만 오 과장은 그쯤 해 두었다.

"오늘 연수자들 OT 열 거야. 시장감시국 신소희 팀장이 반장이니까 잘 한번 해 보라고."

"처음 뵙겠습니다. 시장감시국 신소희라고 해요."

서울공정위에서 선발된 팀장은 총 10명으로 그 대표는 신소희 팀장이 맡았다.

연수자들이 모두 한자리에 모였을 땐 곳곳에서 바람 빠지는 소리가 들려왔다.

이심전심. 말하지 않아도 모두 같은 심정일 것이다.

"제가 기수는 빠른데 나이는 많이 어려요. 너무 선후배 따

지지 말고 그냥 편하게 대해 주셨으면 합니다."

다들 불만 가득한 얼굴이었지만 그녀는 담담히 웃음을 짓고 있었다.

"다들 실망감이 좀 크죠?"

"예…… 우리 연수 일정 너무 빡센 거 아니에요?"

"저도 미국 여행 가 보나 했는데 정말 예상도 못 했어요. 호호."

"근데 진짜로 저희 핸드폰까지 다 압수하는 겁니까?"

"라니에 칸 위원장을 직접 만날 거래요. 교육 강도는 좀 세지 않겠나 싶습니다."

어린 나이와 달리 어른스러운 사람이다.

본인도 억울할 텐데, 보살처럼 웃어 주지 않나.

그녀는 다른 팀장들을 다독이다 준철에게 인사를 건넸다.

"이준철 팀장님?"

"예. 종합국 이준철입니다."

"말씀 많이 들었어요. 올해의 공정인상까지 타신 분이라고."

"감사합니다. 선배님."

"낯간지럽게 무슨. 아마 제가 한 살 어릴 거예요. 편하게 신 팀장이라고 불러 주세요."

"그래도 어떻게……."

"아휴, 전 기수 빠르다고 서로 선후배 따지는 거 질색이에요."

이 자리에 참석하는 거 자체가 에이스라는 건데 인품도 좋다. 미모도 참하고 친화력도 좋았다.

그나마 다행이라면 다행일까.

수사할 때마다 다른 팀장들과 부딪쳐서 여간 힘들었던 게 아닌데, 이번 연수는 사람 복이 좋은 것 같다.

"에이 그래도 그건 아니지. 초입 때는 기수 좀 따져야 하는 거 아니야?"

하지만 이런 달콤한 대화에 산통을 깨는 이가 등장했다.

"반가워, 이 팀장. 41기지? 나 36기 구현수라고 해."

웬 느끼하게 생긴 놈이 등장해 덜컥 악수를 건넸다.

"아, 예. 41기 이준철입니다."

"듣자 하니 아주 운이 좋던걸? 나도 이달의 공정인상은 두 번 타 봤는데, 올해의 공정인은 못 타봤거든."

"운이 많이 좋았습니다."

"하하. 생각보다 겸손하네. 그래도 그게 어떻게 운만 있었겠어. 이 팀장 실력도 쬐끔 있었겠지."

"예. 쬐끔……."

밥맛없는 소리가 계속되자 신소희가 끼어들었다.

"선배. 아무리 그래도 당사자 앞에서 좀 심하네요."

"조크야, 조크. 초면에 어색하니까 농담 한번 던져 본 거지. 이 팀장 기분 나빴어?"

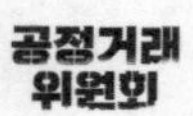

"아닙니다."

"거봐. 당사자도 웃으면서 괜찮다잖아."

놈은 민망해서 나오는 웃음과 기분 좋아서 나오는 웃음도 구별 못 하는 것 같다.

"하여튼 내 생각이 맞다니까. 우리 신 팀장은 다른 사람들한텐 다 친절한데, 나한테만 퉁명스러워."

"……."

"너무한 거 아니야? 나한테 크게 신세 진 것도 있는데 커피 한 잔 산 적도 없고."

"……기프티콘 보내 드렸잖아요."

"누가 5천 원이 없어서 이래? 같은 국 선배로서 조언 좀 해 주겠다니까. 나 내년에 과장 달면 이렇게 시간도 못 내줘. 생각해 줘서 하는 말인데, 누굴 치근덕거리는 놈으로 만들고."

그런 놈으로 만든 게 아니라, 진짜 그런 놈 같은데?

구현수는 옆에 있는 사람이 다 민망할 정도로 호감을 드러내고 있었다.

주변 팀장들이 아예 눈에 들어오지도 않는 모양이다.

"사람이 이럴 때 보면 간사해. 신 팀장 초반에 수사 꼬여서 막 내 앞에서 울었잖아. 판은 벌여 놨는데 수습은 안 된다고. 내가 업무 다 제치고 우리 신 팀장 도와준 건데."

"……알겠어요. 살게요."

"됐어. 이렇게 얻어먹는 게 뭔 소용이야. 뭐 정 사고 싶으면 커피 말고 밥으로 하든가.”

신소희는 민망한 얼굴을 황급히 감췄다.

“알겠어요. 밥으로 살게요.”

“진짜?”

“네. 진짜 살게요. 그러니 이제 일정 얘기 좀…….”

만족스러운 답을 듣고 나서야 구현수가 시선을 돌렸다.

“똑똑한 사람만 모였으니까 짧게 설명합니다. 이번 연수는 분임을 나눠서 토론회도 열고, 마지막엔 칸 위원장 앞에서 발표도 할 거예요. 각 분임끼리 상대평가랍니다. 질문 있습니까?”

불친절한 설명은 그게 끝이었다.

“역시 다들 똑똑하시네. 내가 기수가 제일 높은 거 같은데, 어려운 거 있으면 물어봐요. 우수분임 선정되면 술 한잔 사는 것도 빼먹지 마시고.”

구 팀장은 심드렁한 얼굴로 설명을 끝내고 신소희에게 눈길을 줬다.

“신 팀장, 그럼 나 기대하고 있을게. 흐흐.”

그리 물러나자 그녀가 한숨을 내쉬며 나섰다.

“원래 좀 유쾌? 한 면이 있는 선배라서요. 제가 마저 설명드릴게요. 칸 위원장이 저희에게 내준 어젠다가 있다 하네요. 저희는 각 분임을 나눠서 이에 대해 토론하고, 마지막 날엔 칸 위원장 앞에서 직접 발표하는 시간도 가질 거예요.”

이 설명을 들으니 놈의 설명이 얼마나 부실한지 여실히 느껴졌다.

"각 발표는 모두 상대평가로, 연수평가는 저희 고과에도 상당히 반영될 겁니다."

"아니, 평가까지 하나요?"

"네. 우수분임으로 선정되면 많은 특전을 주겠다 합니다."

"그 특전이 혹시 또 경주 연수 아닙니까?"

누군가 농담을 건네자 그녀가 터럭 웃음을 지었다.

"그럼 발표를 못하는 게 낫겠네요. 호호."

"잘 부탁드려요."

"네. 설명 들어 주셔서 감사합니다. 제가 따로 톡방을 만들 테니 궁금한 거 있으면 언제든 질문해 주세요."

신소희는 짧게 고개를 숙이며 물러났다.

준철은 한숨이 나왔다.

과장님이 연차 높은 팀장과 무조건 한 팀이 되라고 했는데…… 이 알레르기 반응까지 참아야 하는 걸까.

신라의 밤

질 끝판왕 사망

한명그룹

김성균 본부

시내에서 2시간가량 떨어진 서라벌 수련원은 논산훈련소를 방불케 했다.

밤 6시만 되어도 눈앞이 컴컴했고 뒤에는 첩첩산중이 자리 잡고 있었으니.

"천혜의 요지네."

민가와 완벽하게 차단된 이 환경은, 공부만 시키겠다는 인사처의 의지를 다시 확인시켜 주었다.

—연수자들 모두 주목해 주십쇼. 한 시간 뒤에 입소식이 있겠습니다. 대강당에서 있을 예정이니 짐 정리하는 대로 바로 모여 주세요.

"짐은 마음대로 풀어도 되나 봐요. 가방에서 술, 담배 검사할 줄 알았는데."

"그러게요. 방도 무려 2인 1실을 줬어."

다들 툴툴거렸지만 준철은 이 상황이 나쁘지만은 않았다.

하필 수학여행으로 익숙한 곳 아닌가? 꼭 다시 고등학생이 된 것만 같다. 아무것도 모르고 오직 입시에만 매달리던 시절.

걸핏하면 한명 그룹 시절 생각이 나 힘들었는데 이런 추억도 나쁘지 않았다.

"뭐야? 이 팀장이 나랑 같은 방이야?"

하지만 이런 감상은 채 오래가지 않았다.

"구 팀장님도……?"

"잘됐다. 괜히 지방 공정위 사람이랑 방 배정되면 어쩌나 걱정 많이 했는데. 이런. 내가 또 말이 직설적이었나?"

"아닙니다."

"사실 이건 둘만 있어서 하는 말인데, 괜히 지방 공정위랑 친하게 지내지 마. 알잖아. 우린 가는 길이 다르다는 거. 그 사람들은 우리처럼 치열하게 사는 부류들 이해 못 해요."

같은 행시 출신이라도 진골과 성골은 엄연히 나뉘었다.

서울지검과 제주지검이 다르듯, 공정위도 서울과 본청을 제외하면 모두 한직인 자리였다. 하지만 그걸 이렇게 노골적으로 말하는 놈도 드물 것이다.

"여자 친구는 있어?"

"아니요."

"헤어졌나?"

"꽤 오래 없었어요."

"허우대 멀쩡한 친구가 왜? 행시 합격하면 여기저기서 선 자리 많이 들어오지 않아?"

"글쎄요……."

"집안에서도 가만 안 둘 텐데. 난 고시 합격하자마자 선 자리 다섯 개 들고 오더라. 부모님이 한국은행 다니시거든. 근데 난 돈 만지는 여자 싫어해서. 이 팀장은?"

밥맛없는 화법이 예술이다.

은근슬쩍 집안 과시하고 상대의 배경까지 물어보다니.

"부모님은 안 계십니다. 사정이 좀 있습니다."

"아이구. 내가 괜한 걸 물어봤네. 미안."

그리 말했지만 표정은 영 달랐다.

'별것 없네?'라고 한 수 접어 보는 얼굴.

그 뒤로는 놈이 아예 말도 걸지 않았다. 묘한 찝찝함을 느끼며 준철은 짐을 풀었다.

입소식은 진부하디 진부한 청렴인 선서로 막을 올렸다.

학창 시절 생각도 많이 나고 오랜만에 마시는 산바람이라 기분이 좋았지만 선서 대표가 구현수라는 걸 확인했을 땐, 바로 기분이 구려졌다.

'연차가 제일 오래되긴 한가 보네.'

내년에 과장으로 진급한다 했던가?

주변 사람들에 의하면 놈은 시장감시국의 에이스라고 한다.

시장국은 보통 독과점을 규제하는 곳인데, 놈은 작년에 500억대 조사를 성공시키며 과장 진급에 쐐기를 박았다.

다만 그 과정에선 잡음이 많았다.

다섯 명의 팀장이 합동수사를 했는데, 실적을 모두 자기 유리한 대로 꾸몄다고 뒷말이 나돌았다.

'원래 욕심 많은 놈이 일도 잘하긴 하지.'

이건 과거의 경험을 빗대어 내린 결론이었다.

김성균 또한 얼마나 실적에 미친놈이었나.

놈에게 자꾸 알레르기 반응이 일어나는 것도 어쩌면 너무 닮은 사람이라 그런지 모른다.

-입소식이 끝났으니 첫 일정을 말씀드리겠습니다. 건강한 신체에 건강한 정신이 깃든다, 동서고금에 통용되는 진리죠? 저희 첫 일정은 야간 산행입니다. 모두들 편한 복장으로 강당에 다시 모여 주시기 바랍니다.

진행자가 그리 발표하자 곳곳에서 불만이 터져 나왔다.

"연수 일정 누가 짰을까요. 진짜 꼰대 아닐까요?"

"내 말이요! 요즘은 사기업도 이렇게 안 해요. 애들 수학여행도 이렇게 보내면 욕먹어."

"……제가 봤을 땐 저희 군기 잡겠단 의도 같네요. 앞으로 연수 빡세게 시킬 거라고."

혼란을 틈타 구 팀장은 또다시 신소희에게 다가왔다.

"신 팀장. 야간 산행 해 본 적 있어?"

"아니요. 처음이에요."

"아이고. 그러면 열외시켜 달라고 해. 이거 많이 위험하거든."

"안전요원이 다 있는데 뭐 얼마나 위험하겠어요."

"모르는 소리 하고는! 나 옛날에 GP 근무할 때 산행하다 많이 자빠졌어. 특히나 밤이 얼마나 무서운데. 까딱하면 실족사다."

놈은 온갖 무시무시한 단어를 내뱉으며 잔뜩 겁을 주었다.

"이 팀장님은 산에 좀 올라가 보셨어요?"

"예?"

"야간 산행요. 군대는 다녀오셨을 테고…… 이거 많이 위험한가요?"

민망한 분위기 때문이었을까?

그녀가 돌연 준철에게 말을 붙였다.

상황 돌아가는 꼴을 퍽 잘 알고 있었기에 준철도 어쩔 수 없이 응해 주었다.

"4킬로 걷는다는데 그리 위험할 것 같진 않네요."

"아니 이 팀장 GP 가 봤어? 모르면 좀 빠지지?"

"3사단 백골부대 출신입니다. 저도 GP 경계 많이 해 봤습니다."

젊은 놈이 군부심을 부려 대니 여간 귀여운 게 아니다.

핫팩 하나 없이 쌍팔년도 군대를 경험해 본 적 있을까? GP 산길을 누가 만들었는데? 보아하니 진짜로 GP 복무는 했는지나 모르겠다.

"오- 백골부대? 저도 많이 들어 본 거 같아요. 그럼 산행할 때 저랑 함께 좀 해 주실 수 있나요."

"필요하시다면야……."

"감사해요. 그럼 저 옷 갈아입고 올게요."

신소희가 잰걸음으로 사라지자 구 팀장이 살기 어린 눈빛을 보냈다.

준철은 애써 무시하며 얼른 숙소로 향했다.

"하아…… 이거 코스 누가 짰냐."

"이건 야간 산행이 아니라 절벽 등반 같은데."

"우리 무슨 북파공작원인가요."

고작 4킬로라 해서 방심했건만. 공무원들을 너무 우습게 본 모양이다. 이놈들은 사전 답사도 안 해 본 것인가? 산행

코스는 흡사 히말라야 등정 같았다.

코스엔 급경사가 많았고, 더러는 길이 나지 않은 곳도 있었다.

“아이고. 이 길이 아닌가 봅니다. 옆으로 좀 올라 볼까요.”

안내요원도 종종 길을 잃었다.

누가 봐도 연수자들 군기 잡겠다고 급하게 일정을 만든 것이다.

이 험한 길에서 신소희는 식은땀을 흘리고 있었다. 험한 산비탈을 오르면서 발목을 살짝 접질린 게 화근이었다.

그녀는 계속해서 다리를 절고 있었는데, 발목이 약간 부은 것 같았다.

‘이럼 내가 난감해지는데…….’

아니나 다를까.

“이봐 이봐. 내가 위험하다 했잖아. 신 팀장 괜찮아?”

“……괜찮아요.”

“발목 다 부었는데 뭐가 괜찮아! 얼른 와 열외시켜 달라고 하자.”

“이제 내려가기만 하면 되잖아요. 할 수 있어요.”

“산은 오르는 것보다 내려가는 게 더 위험해! 하여간 선무당이 사람 잡는다니까. 열외하기 싫으면 나한테 기대. 내가 부축해 줄게.”

“선배 정말 괜찮아요. 그니까 그만 좀 하세요.”

놈과 몸이 닿자 그녀가 소스라친 반응을 보였다.

"아니 왜 짜증을 내고 그래?"

"자꾸 괜찮다는데 선배가 제 말 안 들으시잖아요."

"위험해 보여서 그랬지 뭐 내가 딴마음 있어서 그러겠어?"

"목소리 높인 건 죄송해요. 근데 안 그러셔도 돼요."

그가 긴 한숨을 내쉰다.

"배은망덕도 유분수지. 호의 베풀어 주는 사람을 아주 바보로 만들어?"

"……."

"아, 신 팀장은 늘 그런 식이지. 지난번 사건도 내 도움 많이 받아 놓고선 완전 입 싹 닫았잖아."

"대체 여기서 그 얘기가 왜 나와요."

그렇게 두 사람의 언성이 높아질 때.

"신 팀장님. 기대는 게 부담스러우시면 여기 부목이라도 잡고 가세요."

준철이 넓적한 지팡이를 들고 나타나 그녀에게 건넸다.

"죄송합니다. 괜히 저 때문에 산까지 오르셔서."

"아니에요. 연수자 누구나 다 하는 건데."

"부목 짚으시면 많이 괜찮을 거예요."

"뭐야, 이 팀장? 지금 사람 말하고 있는 거 안 보여? 아까부터 왜 자꾸 끼어들지?"

그거야말로 내가 하고 싶은 말이다.

왜 자꾸 사람 끼어들게 만드나?

이번 연수는 그냥 바람처럼 왔다가 바람처럼 사라지고 싶은데, 왜 자꾸 거슬리게 구느냔 말이다.

"일단 코스 완주하는 게 목표잖아요. 그 얘긴 내려가서 하시죠."

준철은 그녀에게 눈을 찡긋했다.

그 뜻을 알아들었는지 그녀가 부목을 짚었다.

"고마워요. 한결 편하네요. 하산 정도는 충분히 할 수 있겠어요."

그리 말하자 놈도 더는 달라붙지 못했다.

당사자가 할 수 있다는데 뭘 어쩌겠는가.

구 팀장은 슬며시 다가와 준철에게 말했다.

"이 팀장은 오지랖이 좀 넓은 편인가 봐. 공직사회에서 그런 거 별로 안 좋은데."

"……."

"신 팀장 저 상태로 하산하는 거 무리야. 이건 옆 사람이 말려서라도 열외시키는 게 맞다고."

"제가 뒤에서 잘 지켜보다 안전요원한테 말하겠습니다."

네가 뭔데 감히 신소희를 지켜봐?

놈의 똥 씹은 얼굴은 분명 그리 말하고 있었다.

—자, 휴식 끝났으니 이제 다시 출발합시다. 10분만 더 내려가면 돼요.

혹여 부상 인원이 있으면 안전요원에게 말씀해 주세요.

그렇게 다시 하산이 시작되었고, 구 팀장은 빈정이 상했는지 멀찌감치 걸어 나가고 있었다.

"고마워요. 이 팀장님."

"별말씀을요. 부목은 효과 얼마 못 가요. 조심해서 걸어야 할 겁니다."

"그거 말고 저 재수탱이 떨어뜨려 줘서요."

"……예?"

"수사 한 번 거들어 줬다고 얼마나 생색을 내는지 원."

"아……."

"사람 싫다는데 왜 자꾸 말 거는지 모르겠어요. 내가 미쳤지. 원래 저런 캐릭터란 거 잘 알고 있었는데."

그녀가 퍽 안쓰러워졌다.

수사 한 번 도와줬다고 데이트해 달라는 놈이다.

두 번 도와주면 아마 결혼하자고 달려들 것이다.

"하여간 어디 함부로 도움받으면 안 된다니까. 이 팀장님은 종합국 소속이죠?"

"아, 네."

"참 맘고생 많으시겠어요. 종합국은 여기저기 불려 다니는 부처니."

"많이 익숙합니다."

공정거래
위원회

그녀가 푸흡 웃었다.

"아, 이쪽은 올해의 공정인이라서 남들 도와주는 위치지. 활약상 다 들었어요. 맡은 사건은 전문 부처보다 더 일 잘하신다고."

"……운이 좋았죠 뭐."

"음– 소문 들어 보면 이렇게 겸손한 사람 아니라던데. 호호."

그녀의 농담에 준철도 살짝 당황했다. 이렇게나 친절하고 상냥한 사람인데 왜 하필 저런 떨거지를 만나서.

"좀 괜찮으세요?"

"네. 부목 잡으니 훨씬 편하네요."

"10분만 더 가면 된대요. 좀만 더 힘내세요."

"산행이 문제겠어요?"

그녀는 구 팀장 쪽으로 눈을 흘겼다.

"내일 분임 나누기 한다는데 또 얼마나 들러붙을지 모르겠어요."

"너무 걱정 마세요. 방금 그렇게까지 하셨는데 느낀 바가 있겠죠."

"그렇겠죠? 사람이 이 정도 했음 알아들어야 맞는 거죠?"

"……네."

"근데 이 팀장님은 같이 할 분임 있어요?"

"저는 그냥 남는 사람들 하고 하려고요. 사실 이번 연수에서 바라는 거 없습니다. 그냥 빨리 끝났으면 좋겠어요."

갑자기 그녀가 묘한 웃음을 지었다.

"어머, 나랑 목적이 똑같구나."

질 끝판왕 사망

한명그룹
김성균 본부

분임

야간 산행의 여독을 풀 시간도 없이 바로 다음 날부터 지옥 스케줄이 시작되었다.

공정위의 모태는 1914년에 출범한 미국의 연방거래위원회라고 한다.

미국에서 시작된 민주주의가 전 세계로 퍼졌듯, 현재 선진국들은 공정위가 없는 기구가 없다.

4차 산업의 시작으로 불공정-독과점 행위가 심화되었으니 그럴 것이다.

-이건 지구 반대편의 얘기가 아닙니다. EU가 왜 반독점법을 강화했는지, 고글세를 도입했는지 우리도 심도 있게 생각해 봐야죠. 앞으론 각

국의 글로벌 공조도 더욱 심화될 겁니다.

준철은 기진맥진했다.

국내 공정위의 역할도 빠듯한데, 역사와 국제 관계라니…….

하지만 진 빠지는 교육이 끝났을 땐 더욱 암담한 과제가 기다리고 있었다.

–지금부터 연수자들께선 분임(팀)을 나눠 주시기 바랍니다. 각 인원으로 3–4명으로 총 6팀으로 나누겠습니다. 아울러 분임평가는 철저히 상대평가임을 유념해 주세요.

반쯤 넋이 나가 있던 연수자들 얼굴엔 곧바로 총기가 돌았다. 지옥 같은 연수에서 동고동락해야 할 팀을 만드는 자리 아닌가? 뒤처지는 사람과 같은 팀이 되면 이 고생을 보람도 없이 끝내야 한다.

다들 자기 연차와 상대방 기수 정도는 알았기에 사뭇 긴장감이 팽배했다. 최대한 연차가 높고, 업무 경험 많은 사람과 팀이 되어야 한다.

'빨리 좀 흩어져라. 대충 남는 사람하고 같이 하게.'

준철은 탈진한 얼굴로 빨리 이 풍파가 지나가길 바랐다.

잘나가는 팀에 슬쩍 합류하고 싶은 생각? 추호도 없었다.

하나를 보면 열을 안다. 이런 일에 적극적인 놈들은 다 열성적인 놈들일 것이다.

그럼 나머지들은 당연히 소극적이고 연차 낮은 사람들이지 않겠나. 이게 딱 준철이 원하는 인재들이다.

"저기…… 저랑 같이 하실래요?"

"홍 팀장님. 저희는 본청 팀장들끼리 모이죠."

"김 선배님. 연차가 제일 높으신데 저희 좀 도와주세요."

모두 일사불란하게 팀을 찾을 때, 또다시 듣기 싫은 목소리가 들려왔다.

"뭐 해 신 팀장? 분임 있어?"

고개를 돌려보니 신소희가 어느새 부쩍 다가와 있었다.

"아니요, 아직."

"그럼 잘됐네. 우리 분임 세 명인데 딱 한 자리 남는다. 자기 들어와."

"괜찮아요."

"또 괜히 심통 부리지? 나 사심 없다. 우리도 인원수 맞춰야 해서 신 팀장한테 제안하는 거야. 우린 연차도 제일 높은 사람들이라 신 팀장이 손해 볼 거 없어."

사실 구 팀장네 멤버는 화려했다.

다들 업무 경력이 5-6년 차라고 했던가?

질의응답 때 날카로운 질문을 던지고, 교육자가 묻는 질문에도 막힘없이 대답하며 이미 두각을 드러내고 있었다.

연수자들은 이미 주변을 어슬렁거리며 구애의 눈빛을 보냈다.

이를 의식하는지 구 팀장이 목소리를 높였다.

"설마 이렇게 있다 남은 사람들하고 대충 분임할 생각은 아니지?"

"……."

"진짜 그럴 생각이었어? 신 팀장. 이거 고과에도 반영되는 중요한 과제야. 정신 놓고 있으면 어떡해."

구 팀장이 재촉하는 사이, 이미 두 개의 분임이 완성되어 등록을 마쳤다.

그렇게 한둘 이 혼란에서 빠져나가자 남은 사람들 발등에도 불이 붙었다.

가만있던 사람들도 궁둥이를 들어 돌아다니며 팀원 찾기에 바빴다.

"죄송하지만 그래서 더 부담스럽네요."

"뭐?"

"알아요- 저 생각해 주시는 거. 근데 제가 선배들이랑 과제하면서 프리 라이딩 하느니 제 수준에 맞는 사람 찾는 게 맞지 않을까요."

본의 아니게 엿듣게 된 준철은 쿡 웃음이 났다.

고과고 나발이고 너랑 엮이기 싫단 뜻으로 들렸다.

"준철 씨. 분임 있어요?"

"예?"

"사람들 찢어지잖아요. 보아하니 아는 사람이 있는 것 같진 않고."

"저는 그냥 남는 사람……."

"잘됐다. 내가 마침 남는 사람인데. 나랑 할래요?"

신소희는 놈을 떼어 내고 싶은 듯 일부러 더 적극적으로 달려드는 것 같았다.

구 팀장의 똥 씹은 얼굴이 거슬렸지만 준철도 다른 대안이 없었다.

"저야 감사하죠. 그럼 잘 부탁드리겠습니다."

"함께해 줘서 고마워요. 그럼 나머지 두 명도 찾아봐요."

구 팀장은 기가 찬 얼굴로 톡 쏘아붙였다.

"하여간 꼴값들은. 교육시키려 데려왔더니 연애질을 하고 있네."

"뭐예요? 지금 뭐라고 했어요?"

"로맨스 그만 찍고 연수나 잘 받으라고."

"선배, 말조심해요!"

신소희가 목소리를 높였지만 구 팀장은 들은 체도 안 했다.

"분임과제 상대평가인 거 알지? 고작 3년 차 멤버들로 어디 한번 잘들 해 봐. 조별토론 때 꼭 만났으면 좋겠네."

원래 밑바닥이 얕은 줄 알았지만, 저 정도였을 줄이야.

놈은 온갖 저주와 악담을 퍼부으며 물러갔다.

준철은 씩씩거리는 신소희를 말렸다.

"신경 쓰지 마세요. 저희 일만 잘하면 되죠."

그럼에도 그녀는 분을 삭이지 못했다.

하긴 질척거리는 것도 싫은데 저런 악담까지 들었으니.

하지만 두 사람은 곧 현실을 직시해야 했다.

그 짧은 시간 동안 한 팀이 또 완성되었고 남은 사람은 열 명도 채 되지 않았다. 연차 높은 팀장들은 이미 제 분임을 찾아간 것이다.

"구 팀장님네 빼면 남은 사람들이 별로 없네요."

"그러게요. 저 중에서 그나마 누구 제일 의욕적일까요."

엇비슷할 거다.

아직까지 선택되지 않은 건 몸값이 낮단 증거일 테니.

그사이 구 팀장네까지 분임 등록을 하며 자연스럽게 팀원이 완성되었다.

"저…… 그."

"남은 사람은 저희 네 명뿐이네요."

"아, 네."

"반갑습니다. 시장감시국 신소희라고 해요."

"전 심경수라고 합니다. 사실 제가 고시에 늦게 합격해서…… 이제 1년 차입니다."

"……저도 1년 이지혜라고 합니다. 잘 부탁드려요."

한눈에 봐도 숫기라곤 찾아볼 수 없다. 게다가 연차까지

낫다.

딱 준철이 원하던 인물들이었다.

그래도 행시 통과하고 각 지방 사무소에서 에이스로 뽑혀 온 사람들 아닌가? 당연히 보통 이상은 할 것이다.

◎

"아, 안녕하세요. 저는 부산공정위 심경수입니다."

"처음 뵙겠습니다. 이지혜라고 해요."

분임 등록을 끝낸 네 사람은 서로 통성명을 했다.

"잘 부탁드립니다, 선배님들."

"아이– 딱딱하게 선후배 하지 말고 그냥 팀장이라고 불러요. 전 신소희 팀장이라고 해요."

신소희는 씩씩한 말투로 말했다.

"이거 1차 발표는 분임토론이라고 하더라고요. 교육원에서 어젠다를 주고 여섯 조가 찬반토론을 하는 거예요."

"아, 네."

"근데…… 어쩌죠. 전 토론 같은 거 진짜 못하는데."

이지혜가 시무룩하게 말하자 신소희가 웃었다.

"아이– 처음부터 그런 소리 하면 안 되죠. 우리 다 어려운 시험도 합격하고 이 자리에 모인 사람들인데."

"그, 그건 그렇죠."

"우리끼리 토론하면서 준비해 봐요. 그리고 토론은 자신감이에요. 두 분은 목소리를 좀 키워야 할 거예요."

"아, 예."

신소희가 고개를 돌렸다.

"준철 씨는 토론 잘해요?"

"글쎄요……."

"빼지 않는 거 보니 못하진 않나 보네. 그럼 우리 주제부터 봐요."

[빅테크(대형 플랫폼)의 부상은 공공의 이익이 되는가? 철저히 소비자의 입장으로 논하시오.]

'흠…… 예상했던 얘기군.'

역시나 플랫폼이 주제구나.

사실 라니에 칸 위원장은 '플랫폼 킬러'로 통하는 사람이다.

에이마존, 고글, 웹튜브 등 같은 대형 플랫폼이 과연 소비자의 권익을 향상시켰느냐 묻는 것이다.

"아…… 이건 좀 애매하네요."

하지만 무슨 답변을 준비해야 할지 모르겠다.

칸 위원장은 강력한 빅테크 규제론자지만 이게 사실 미국의 입장과는 철저히 상반됐으니.

미국 또한 플랫폼의 폐해를 잘 알고 있었지만, 자국의 이익을 포기하진 않는 나라였다. 고글, 에이마존, 패이스북 결국 다 자국 기업 아닌가?

EU가 반독점법 강화하자 미국은 바로 보복관세를 논의했을 정도다.

그리고 대형 플랫폼의 등장으로 소비자의 이익이 는 것도 있다. 인터넷 최저가 상품은 플랫폼이 가격 경쟁을 촉발시킨 것이라 볼 수도 있다.

"두 사람은 어떻게 생각하세요?"

긴 시간 침묵 끝에 신소희가 물었다.

"음― 이미 답은 정해진 거 아닌가요……? 아무리 칸 위원장이 이단아라 해도 이건 미국 입장에서 생각해야 할 것 같아요. 철저히 자국 기업을 보호하고 있잖아요."

"맞아요. 여기 단서도 좀 걸려요. 철저히 소비자 입장에서 생각하라. 제가 봤을 땐 빅테크 기업들이 부상하면서 소비자의 이익도 커졌다는 게 맞는 것 같아요."

역시나 그래도 반은 간다. 자신감은 많이 부족하지만 그래도 머리는 좋은 사람들이다.

어젠다를 넘어 출제자의 의도를 맞히려 하지 않나.

칸 위원장이 이단아라고는 하나 취임하고 나서 정말 파격적인 규제를 실시했는가? 그건 또 아니다.

아무래도 티 나지 않게 미국의 입장을 얼마나 잘 대변하는

냐의 싸움이 될 것 같았다.

"그럼 우리도 한번 찬반 나눠서 토론해 볼까요?"

"우리끼리요?"

"네. 어차피 1차 토론은 무작위로 논제를 배정받거든요. 서로 토론하다 보면 연습 많이 될 거예요."

그러자 두 사람이 난색을 보였다.

"좋긴 한데. 사실 제가 이런 난상토론은 잘 못해서……."

"저도 말주변이 많이 부족해요. 대본 쓰고 하는 발표는 괜찮은데……."

"호호. 너무 걱정 말아요. 다들 비슷한 심정일 거예요."

신소희는 준철에게 눈을 돌렸다.

"준철 씨는 토론 잘하실 것 같은데."

"……저도 학교 수업에서 하는 피피티 발표 같은 것만 해 봤습니다."

"그래도 자신감이 넘치잖아요. 싫은 말도 꼬박꼬박 잘하고."

준철이 머리를 긁적였다.

구 팀장한테서 구원해 준 걸 이렇게 써먹다니.

"하하. 농담."

"최대한 열심히 해 보겠습니다."

"오케이. 어차피 이 찬반토론은 워밍업이에요. 칸 위원장 만나기 전에 논지 제대로 이해시키려고."

"네."

"진짜 본게임은 칸 위원장 앞에서 하는 발표니까 너무 부담 갖지 말아요."

그렇게 시작된 토론.

하지만 분임토론이 끝났을 때, 준철은 약간 실망했다.

역시 공부 잘하는 머리와 말 잘하는 머리는 따로 있구나…….

네 사람이 토론했지만 실상 말을 하는 건 준철과 신소희뿐이었다.

두 사람 다 무언가를 기획하고, 의도를 파악하는 건 잘하는데 스피치 스킬은 많이 부족했다.

'상대평가라서 다들 미친 듯이 달려들 텐데.'

어찌나 유약한지 보는 내내 안타까움이 일었다.

그래도 준철은 한 가지만 생각하기로 했다. 이번 연수의 최대 목적은 고과가 아니라 무사히 졸업 아닌가.

'어쩌면 대진운이 좋을 수도 있지…….'

제발 상대편도 우리랑 비슷한 수준이어야 할 텐데.

질 끝판왕 사망

한명그룹
김성균 본부

분임토론

분임토론은 철저한 상대평가였다.

연수원 분위기는 180도 달라질 수밖에 없었다.

연수자들은 늘 같은 분임끼리 앉아 수업을 들었고, 점심시간에도 다른 분임과 말을 섞지 않았다.

친목 금지하고 오로지 공부만 시키겠다는 교육원 목표가 완벽하게 성공한 것이다. 쉼터로 쓰이던 1층 카페가 스터디카페로 변할 정도였다.

그렇게 토론 당일.

"기업들을 규제해야 하는 공정위 본연의 업무는 인정합니다. 하지만."

연단에 오른 1, 3조는 검투사처럼 싸웠다.

“대형 플랫폼이 소비자의 권익을 침범했느냐? 이건 아니라는 거죠. 인터넷 쇼핑몰에서 벌어지는 최저가 경쟁. 이 모두 플랫폼이 촉발한 겁니다. 가격 비교가 단순해지며 소비자는 더 선택지가 넓어졌습니다. 그런 관점에서 봤을 때 플랫폼의 부상은 되레 소비자의 권익을 증진시킵니다.”

찬반 의견이 팽팽하게 맞섰지만 사실 토론은 플랫폼 우호론이 대세였다.

그게 사실이기도 하고, 아직 학계의 주류 의견이기도 했다. 특히나 미국에서.

반대 의견을 맡은 사람들도 최선을 다해 그 부작용을 지적했지만 플랫폼 우호론을 넘어설 순 없었다.

출제자가 미국 사람이란 것도 무시할 수 없었으니.

‘왜 하필…….’

준철의 고민은 깊어질 수밖에 없었다.

왜 하필 반대론이람!

빅테크 기업들의 부상이 소비자의 권익을 침해한다는 논리를 대야 하는 것이다.

그리고 원수는 외나무다리에서 만난다 했던가.

하필 토론에서 만난 상대가 4조 구현수 팀이었다. 연차가 높아 안 그래도 상대하기 버거운데 불리한 입장까지 맡게 되었다.

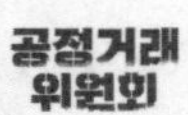

—다음 토론을 시작하기 전에, 다시 한번 룰에 대해 설명드리겠습니다. 같은 분임 내에서 특정 사람만 발언을 많이 하는군요. 분임토론은 모두가 함께하는 참여형 토론입니다. 쏠림 현상이 계속되면 발언권을 제한하도록 하겠습니다.

"아이고…… 한 사람만 말하면 감점이 되나 보네요."

"그러게요."

심사자들의 발표에 신소희가 우려를 보냈다.

"어쩌죠. 지혜 씨랑 명수 씨는 말주변이 별로 없는데."

"어차피 개인당 발언은 5분씩이잖아요. 말실수만 안 하면 돼요."

"그럼 우리가 준비한 발언은 입장을 잘 전달해야 하니까 둘이서 맡을까요."

"그게 좋겠어요."

신소희가 짧은 한숨을 쉬자 준철이 다독였다.

"너무 걱정 마세요. 이번 토론은 그냥 스피치 기술 연마시키는 것 같습니다. 칸 위원장 만나기 전에."

"아는데 우리가 너무 불리한 입장이잖아요."

"그 발표는 자율이니 그때 논지 바꾸면 되죠."

"내가 걱정하는 건 지금 당장이에요. 왜 하필 저 재수탱이랑 만나서…… 저 사람 유리한 입장이라고 저희 뭉개면 어쩌죠."

신소희는 구 팀장에게 눈을 흘겼다.

사실 찬반토론이며 상대평가였지만, 분임들은 그래도 매너를 지켰다. 유리한 입장을 배정받았다고 상대를 너무 몰아붙이지 않았다.

하지만 저 심술쟁이에게 이런 매너를 기대할 수 있을까?

"그래도 알 만한 사람인데 그러진 않겠죠."

설마 그렇게까지 막 나가는 놈은 아니겠지.

그러는 사이 두 번째 분임토론이 끝났고 6조의 차례가 돌아왔다.

'뭐야 저 표정은……?'

착석한 구 팀장이 득의양양한 얼굴로 준철과 신소희를 바라보지 않겠나. 놈은 한눈에 봐도 만만해 보이는 심명수와 이지혜를 훑으며 썩은 미소까지 날렸다.

"아, 안녕하십니까. 6조 심명수입니다. 먼저 플랫폼의 부작용에 대해서…… 에 설명드리고 싶습니다."

상대 팀은 연수원 에이스였기에 심명수 목소리가 더 기어들어갔다.

그래도 그는 최근 벌어진 택시 대란과 거대 플랫폼의 골목상권 침해 사례를 나열하며 차분하게 설명을 마쳤다.

다행히 초반엔 분위기가 나쁘지 않았다.

서로 다른 견해를 교환하고 더 나은 방안에 대해 고민해 보는 평범한 토론이었다.

하지만.

"그게 끝입니까?"

"……예?"

"대형 플랫폼의 대두. 99가지의 순기능과 1가지의 부작용이 있는데, 6조 발표는 너무 부작용만 지적하는 것 같습니다. 뭐 다른 의견은 없습니까?"

신소희와 준철의 발언권이 끝나자 구 팀장이 돌변했다.

"어…… 어떤 걸 말씀이신지."

"방금 플랫폼이 시장 독식하며 골목상권을 침해한다 하셨죠?"

"……예."

"하지만 서비스의 질이 높아졌다는 점은 왜 간과하는지 모르겠습니다. 일례로 예전 음식점 같은 경우 무조건 목 좋은 곳에 위치해야만 했어요. 하지만 배달 서비스가 부상하며 이젠 장소 상관없이 오직 맛으로만 승부 볼 수 있는 환경이 됐어요."

예상치 못한 반격에 이지혜가 당황했다.

"당연히 그 성과는 소비자의 권익도 향상시켰을 겁니다. 배달료가 올랐다? 이건 공급-수요 불균형의 문제죠. 대신에 소비자는 더 많은 선택지를 가지게 됐습니다."

"……."

"왜 이런 보이지 않는 가치를 무시하는지 모르겠습니다. 플랫폼의 시장 진출은 되레 골목상권을 활성화하는 데 일조

합니다."

이지혜와 심명수는 사색이 됐다.

"거기에 대해선 제가 설명드리겠습니다."

"아니요. 이준철 팀장님은 발언권이 끝나셨잖아요. 전 두 분께 직접 설명을 듣고 싶습니다."

이 자식이 기어코!

준철이 눈에 힘을 주며 째려봤지만 놈은 천하태평이었다.

상황이 고약하게 됐다. 평가자인 심사원들도 준철의 발언을 용납하지 않았으니.

"두 분께서 대답해 주세요. 아닙니까."

"그게 저……."

"빅테크 기업들이 정말 골목상권을 침해했나요?"

"……물론 순기능도 있는 것 같습니다."

"순기능이 있는 게 아니라 약간의 부작용이 있었던 거죠."

심명수가 계속 당황해하자 놈이 더 기세등등해졌다.

"제가 보기에 6조는 이 문제에 대해 진지한 성찰을 하지 않은 것 같습니다."

"예?"

"인터넷 댓글 보니 배달업체 욕하더라, 아 그럼 문제 있구나. 이런 식의 논지라는 거죠."

"그, 그건 아닌데."

"하지만 우리는 법을 다루는 사람들이에요. 순기능과 역기능을 듣고 소비자의 이익이 정말 뭔지 냉철하게 판단해야 합니다."

"……."

"만약 감정에 치우쳐 빅테크 기업들을 규제하면? 결국 그 피해는 소비자에게 전가됩니다. 전 6조의 자세가 아쉽습니다. 깊은 성찰이 보이지 않아요."

놈은 은근슬쩍 태도를 지적하며 6조를 한껏 깎아내렸다.

이로써 완벽히 확신할 수 있었다. 사심이 잔뜩 반영된 토론인 것이다.

–상대편의 태도 문제는 언급 자제해 주세요. 서로 부족한 부분이 있고, 함께 배우자는 취지로 만든 자리입니다. 6조, 다른 반박 의견 있습니까?

심사자들이 중재했지만 이미 멘탈이 무너진 두 사람은 아무 말도 할 수 없었다.

이 광경을 안타깝게 바라보는 연수자들이 모든 걸 말해 주었다.

이번 토론은 6조의 완벽한 패배라는 걸…….

"고생했어요, 다들."

"……죄송해요. 제가 말을 너무 못해서."

"아니에요. 연차도 밀리고 관련 업무를 한 것도 아닌데 당연히 밀릴 수밖에 없죠."

"두 분에겐 너무 죄송합니다. 저희 두 사람이 너무 못 따라갔네요."

이지혜가 훌쩍이자 신소희가 등을 두들겨 주었다.

눈물이 안 나올 수가 없다.

아무리 이게 상대평가라 해도 공개적으로 망신을 당할 줄이야.

"저쪽이 선 넘은 거예요. 주제와 관련 없는 태도, 인신공격은 안 해도 되는 건데."

준철도 그리 위로를 건넸다.

사실 오히려 사과를 하고 싶은 건 준철이었다. 구현수도 다른 팀이었다면 저렇게까지 과격한 발언은 하지 않았을 거다.

사심을 듬뿍 담아 밟아 댄 거겠지.

"자– 아직 안 끝났거든요? 진짜 중요한 건 칸 위원장 앞에서 하는 발표예요. 아시죠?"

"네……."

"어차피 이거 다 그 사람 앞에서 말 잘하라고 훈련시키는 거니 다 털어 내요. 남은 발표 잘하면 우리도 우수분임 될 수 있어요."

위로가 와닿지 않는지 두 사람은 여전히 침울했다.

"준철 씨. 그래도 우리가 말주변이 있는 것 같은데, 최종 발표는 저희가 하죠."

"네."

"다들 오늘 일 떨쳐 내고 남은 과제 잘해 봐요. 파이팅!"

신소희가 분위기를 그리 정리했다.

준철도 기분이 좋지 않았다.

구 팀장을 떠올리니 부아가 치민다.

그냥 논리만 반박하면 될 거 아닌가. 무슨 토론에 임하는 자질, 태도까지 꼬집으며 망신을 준단 말인가.

"어, 이 팀장. 왔어?"

방을 열고 들어서니, 놈이 대수롭지 않게 말을 걸어온다.

왜 하필 이놈과 룸메가 된 건지 원.

"네. 안 주무셨네요."

"잘 시간이 어디 있어. 아직 더 중요한 과제가 남았는데."

놈이 흐흐 웃었다.

"진짜 중요한 건 칸 위원장 앞에서 하는 발표인 거 알지? 오늘 토론은 너무 개의치 마. 하필 룸메랑 상대로 만날 게 뭐람. 말하는 나도 마음이 안 좋더라."

"진짜 안 좋으셨어요?"

"뭐?"

"저희 깔아뭉개는 거 즐기시는 거 같던데. 태도 문제 운운하는 건 좀 선 넘은 거 아닙니까?"

구 팀장이 코웃음을 쳤다.

"이 팀장은 뒤끝이 길구나. 그래 내가 미안. 너무 과몰입하다가 실언 한 번 했다. 근데 그만큼 자기네 논지가 떨어진 것도 있어. 인터넷 댓글 보면서 토론 준비하면 어떡해?"

"누가 그래요, 인터넷 댓글로 토론 준비했다고."

"아니야? 딱 그래 보이던데."

"선배야말로 인터넷 댓글 본 거 아녜요? 무슨 99가지의 순기능과 1가지의 부작용이에요. 시장 독점 끝나면 그때부터 기업이 본성을 드러내는데. 칸 위원장이 쓴 [반독점의 역설] 안 읽어 보셨습니까?"

놈이 인상을 찌푸렸다.

"이 팀장 좀 거슬리게 말한다? 지금 나 가르치는 거야?"

"역시 안 읽어 보셨구나."

"이 새끼가!"

"기회 되면 한번 읽어 보세요. 빅테크 기업들은 시장을 독점했을 때와 안 했을 때가 딴판이랍니다. 99가지의 순기능은 한 가지의 부작용을 얻기 위해 베푼 호의죠."

구 팀장 얼굴이 완전 발갛게 달아올랐다.

"너 그만 까불어. 그깟 공정인상 타니까 세상이 만만해 보여?"

"그리고 예전부터 말하고 싶었는데. 그놈의 공정인상 얘기 좀 그만 꺼내요. 2년 차가 받은 게 못마땅하세요? 혹시 이런 상에 열등감 있으신가?"

쾅-!

"이 자식이 진짜!"

"그럼 전 이만. 혹시 올해의 공정인상 비결이 궁금하면 언제든 물어보세요. 난 상대방한테 뭐 알려 줄 때 막 인격 깎아 내리고 그런 사람은 아닙니다."

준철은 짐을 챙겨 방을 나왔다.

오 과장이 특별히 구해다 준 칸 위원장 박사 논문.

이걸 읽어 볼 생각은 추호도 없었는데…….

이번 연수는 그냥 조용히 넘어가길 바랐는데…….

갑자기 목표가 생겨 버렸다.

연방 거래위원장

한층 무거워진 분위기가 분임토론 이후엔 살벌해졌다.

분임토론은 작은 스파링에 지나지 않았지만 서로가 경쟁 상대임을 확인하기엔 충분했다.

라니에 칸 앞에서 발표해야 하는 본게임이 다가오자 연수원에선 작은 웃음도 들리지 않았다.

"그래도 라니에 칸이 강력한 규제론잔데 우리 발표도 거기에 좀 맞춰야 하지 않을까요?"

"글쎄. 칸 위원장도 결국 미국 사람 아니야?"

"미국은 은근히 빅테크 기업 규제하는 거 싫어해. EU가 반독점법 강화할 때 바로 보복관세 논의하는 나라라고."

연수자들은 출제자의 배경을 고려하지 않을 수 없었다.

"그리고 칸 위원장이 유독 특이한 거지, 아직도 미 법조계는 플랫폼을 우호적으로 봐. 솔직히 순기능이 많은 것도 사실이고."

"나도 찬성. 적당히 우려되는 점을 나열하되 전체적인 논지는 순기능에 맞춰져야 돼."

7 : 3 혹은 8 : 2.

이번 문제는 답이 정해진 거다. 플랫폼이 시장경쟁을 촉진시킨 건 사실이니 우려되는 점 몇 가지만 지적하면 된다.

모두 이 생각에서 벗어나지 못할 때, 전혀 다른 제안을 하는 이도 있었다.

"……준철 씨. 정말 이렇게 생각하세요?"

"예."

신소희는 짧게 한숨을 쉬었다.

준철은 플랫폼 독과점이 장기적으로 봤을 때 소비자에게 피해를 준다 말했고, 이를 강력 규제해야 한다고 주장했다.

다른 이들의 주장과 정반대인 것이다.

"플랫폼의 순기능은 어느 정도 사실이잖아요. 근데 왜 강력한 규제가 필요하다 생각하세요?"

"9가지의 순기능이 1가지의 역기능을 위한 가면이니까요."

"시장 독점 이후의 변화?"

"네. 에이마존, 앱풀, 고글 등 여러 플랫폼 모두 시장 독점이 완성되자마자 슬슬 웃돈을 받기 시작했어요."

"그럼 우려되는 점 몇 개를 강조하는 수준에서……."

"저는 반대로 생각합니다. 우려되는 점이 정말 많지만 그래도 순기능이 있었다."

한마디로 9 : 1이 아니라 1 : 9의 발표를 하겠다는 얘기다.

"준철 씨. 혹시 칸 위원장의 배경 때문에 이러는 거면……."

"그 사람 입맛에 맞추자고 하는 말 아닙니다. 제 신념이기도 하죠. 기업들이 독과점하고 나서 얼마나 무섭게 변하는지는 제가 잘…… 아니, 많은 사례가 발견되었습니다."

그리 말하고 있을 때 심명수가 슬쩍 가세했다.

"신 팀장님. 전 이거 나쁘지 않은 것 같아요. 지금 다른 분임들 발표는 다 비슷한 거 같은데, 차라리 이렇게 소신 있는 발표가 낫지 않을까요."

"저, 저도요. 우리가 아주 허튼소리 하는 것도 아니고…… 더군다나 칸 위원장의 논문과 비슷한 생각이라면 한번 해 볼 만해요."

신소희는 긴 고민에 잠기다 말했다.

"좋아요. 그럼 나도 찬성. 대신 우리 발표가 너무 파격적인 만큼 공격적인 질문을 많이 받을 수 있어요."

"네."

"이거까지 계산해서 정말 완벽한 발표 준비해 봐요. 지난번에 당한 수모 갚아 줍시다."

"네! 좋습니다."

◎

라니에 칸을 예방하는 자리는 세종시 본청에서 열렸다.

공정위에겐 국빈급 인사였기에 각 지방 사무소 국장들이 모두 한자리에 참석했다.

간담회가 가까워 오자 발표를 맡은 팀장들 얼굴에도 긴장이 서렸다.

–다음은 미 연방거래위원장 라니에 칸 박사님의 인사말이 있겠습니다. 착석해 주신 모든 여러분들께선 큰 박수로 환영해 주시길 바랍니다.

첫인상은 생각했던 것보다 충격적이었다.

공정위원장의 에스코트를 받으며 등장한 그녀는 비슷한 또래로 보였다. 능력 지상주의 미국의 위엄을 다시 실감할 수 있었다.

–만나서 반갑습니다. 오늘은 좀 성숙해 보이는 화장을 했는데, 거울을 보니 제 할머니가 계시더군요.

그녀는 이런 반응이 익숙한지 유머러스한 인사말을 건넸다.

–사실 오늘 이 자리는 제가 특별히 한국 공정위에 부탁해 마련된 자리입니다. 저 또한 젊은 나이에 주목받은 만큼 여러분들에겐 더 신선하고 에너지틱한 이야기가 있을 것 같습니다. 처음 와 보는 한국이지만 동종 업계 사람을 만나서인지 매우 친숙한 기분이 드는군요. 부담 갖지 말고 자유롭게 의견을 발표해 주세요.

그녀가 가볍게 고개를 숙이자 화답 박수가 나왔다.

"안녕하세요. 첫 발표를 맡은 1조입니다. 먼저 이런 자리를 내어주신 칸 위원장님께 깊은 감사를 드립니다."

그렇게 첫 발표가 시작되었고, 이를 바라보는 고위직들도 침을 꿀꺽 삼켰다.

준철은 발표 내내 그녀의 반응만 살폈다.

이번 연수에서 듣고 싶은 대답이 있는 걸까? 아님 진짜 자율 발표일까?

사실 준철은 오늘을 위해 그녀의 박사 논문, 컬럼비아대 교수로 재직했을 때 썼던 모든 논문을 조사했다.

그리고 그녀가 쓴 《반독점의 역설》이 법조계에 얼마나 큰 파장을 몰고 왔는지 알 수 있었다.

[세상에 선량한 기업은 없다. 시장 독점이 완성되면 본성이 드러난다.]

이게 그녀의 논문 핵심이었다. 어찌 보면 너무나 당연한 얘기다. 근데 사람들은 IT 기업은 안 그럴 거라고 믿었나 보다.

에이마존의 최저가 상품은 알게 모르게 꾸준히 올랐고,

아낌없이 줄 것 같았던 고글은 클라우드 서비스를 갑자기 유료화했고, 혁신의 아이콘 에풀은 앱(App) 시장에서 독재자가 되어 있었다.

그녀는 미래엔 이런 일이 더욱 빈번하게 일어날 것이란 걸 강조했다.

“하지만 역시 소비자의 입장에서 판단하면…….”

그런 그녀였기에 오늘 발표가 성에 차지 않았다.

그녀가 듣고 싶은 대답은 과거에 선량했던 IT 기업이, 미래에도 그러진 않을 것이란 얘기였는데.

그걸 속 시원하게 긁어 주는 발표가 없었다.

그러다 준철의 발표가 시작되었을 때, 반쯤 감겼던 그녀의 눈이 커졌다.

“안녕하십니까. 마지막 6조 발표를 맡은 이준철입니다. 먼저 말씀드리자면 저는 좀 생각이 다릅니다. 빅테크 기업엔 강력한 규제가 필요하다는 게 저희 측 주장의 핵심입니다.”

서론이 독특하다. 보통 이런 자리에선 직설 화법이 잘 등장하지 않는 법인데.

“그 이유는 4차산업의 특수성 때문입니다. 수요가 있는 곳에 공급을 댄다…… 이게 3차산업이었다면 4차산업은 공급망을 먼저 만들어 버립니다. 니즈가 나중에 따라오게 되죠.”

익숙한 구절에 터럭 웃음이 났다.

이는 컬럼비아대 재직 당시 그녀가 쓴 논문의 한 구절이었기 때문이다.

“스마트폰은 당시에 딱히 필요성이 없는 물건이었지만, 이제는 없으면 살아갈 수 없는 생필품이 됐습니다. 무료 클라우드도 마찬가지입니다. 에이마존에서 시작된 인터넷 쇼핑

은 아예 물류업계의 판도를 바꿨습니다."

빅테크의 독과점이 무서운 건 아예 산업구조를 바꿔 버린다는 거다. 그 구조를 바꿀 때까진 출혈 경쟁을 하며 소비자들에게 퍼 준다. 하지만 후발 주자들과 격차가 완벽하게 벌어지면 슬슬 견적서를 내민다.

막대한 이자와 함께.

"빅테크 독점의 가장 무서운 점은 진입 장벽이 높다는 데 있습니다. 산업 판도를 자신들이 바꿨기 때문에 경쟁자가 나올 수 없죠. 지금까진 시장을 독식하기 위해 소비자들에게 많은 혜택을 줬지만, 앞으로는 다를 겁니다. 그래서 빅테크에 대한 강력한 규제가 필요하다 생각합니다."

발표가 끝났을 땐 다른 팀장들의 얼굴이 굳었다.

직설적인 발표도 충격적이었지만, 꼼꼼히 자료를 조사했다는 게 느껴진 발표였다. 분임토론에서 동네북 신세였던 그 6조가 아니다.

–아주 재밌는 발표였습니다.

칸 위원장은 흡족하게 웃으며 말했다.

–아무래도 발표자께선 내 뒷조사(?)를 좀 많이 하신 것 같습니다. 혹시 제 박사 논문을 인용한 건가요?

"네. 늘 관심 있게 봐 왔던 주제입니다."

–하하. 좋아요. 학자로서 큰 영광입니다. 하지만 진정성 부분에서 좀 의구심이 드는데…… 방금 한 발표는 단순히 나를 의식해서 한 겁니까,

아님 현장에서 체감하는 그 폐해가 있었습니까.

생각보다 날카로운 질문이었다.

내 비위 맞추려고 내 논문 인용한 거냐, 아님 너도 진짜 체감하고 있었냐.

"예, 있습니다."

–뭐죠?

"사실 제가 최근에 웹튜브를 조사한 적이 있습니다. 뒷광고 문제였는데요. 스트리밍 시장을 독점하고 있는 기업이라 문제가 많았습니다. 무엇보다 심각했던 건 이런 문제가 발생해도 자정작용이 없었다는 겁니다."

–상대가 독과점 기업이었기 때문에?

준철은 끄덕이며 당시 상황을 간략히 설명했다.

"운영 지침을 새로 만들고 강력하게 규제하라 시정명령을 내렸는데 느끼는 바가 많았습니다. 이렇게 시장 지위가 공고해지면 정부에서 규제하지 않는 한 스스로 안 고치는구나. 하여 앞으로 이런 문제에 있어서 정부가 더 적극적으로 나서야 한다는 걸 느꼈습니다."

대답이 끝났을 땐 그녀가 흡족한 미소를 보이고 있었다.

단순히 비위만 잘 맞추는 놈인 줄 알았는데, 꽤 그럴듯한 사례까지 조사해 봤다. 경험에 기반한 얘기였기에 진정성에 대한 의심은 싹 가셨다.

–혹시 저 말고 더 질문하실 분 있나요?

재차 물었지만 아무런 질문이 나오지 않았고, 고위직들은 내심 흡족한 얼굴을 하고 있었다.

–좋습니다. 내 개인적 생각과 참 비슷한 부분이 많아 참 인상적인 발표였어요.

그녀 자연스럽게 마이크를 잡더니 말했다.

–한국 공정위 직원들이 이렇게 열심히 일하고 있다니 동종 업계 사람으로서 참 반갑기 그지없습니다. 앞으로도 이런 기회가 많아졌으면 좋겠습니다.

모두가 큰 박수로 화답할 때, 구 팀장 한 사람만 웃지 못했다.

⊗

"어떠셨습니까."

발표가 끝난 직후.

공정위원장이 슬쩍 그녀에게 가서 물었다.

–훌륭한 발표였어요. 모두 다. 근데 그 마지막 발표는 정말 저를 의식해서 한 발표 아니었나요? 제 논문을 모두 찾아본 것 같은데.

"그럴 리가요. 만약 그랬다면 다 비슷한 발표가 나왔을 겁니다."

공정위원장은 아주 자신감 있게 대답했다.

"사실 그 친구는 웹튜브 수사로 저희가 제정한 최고의 상까지 탄 팀장입니다. 진정성은 의심하지 않으셔도 됩니다."

흡족한 그녀의 얼굴에서 모든 걸 확신할 수 있었다.

특히나 마지막 발표가 인상적이었다는 걸.

—한국엔 훌륭한 인재가 많군요.

"그리 말씀해 주시니 감사합니다."

마음 같아선 아주 업어 주고 싶었다.

논문 찾아보는 거야 어렵지 않다 해도, 경험에 기반한 얘기로 설득력을 갖추는 건 쉽지 않은 일이다.

"그리고 박사님께서 하나 결정해 줘야 할 게 있는데……."

—아이고. 꼭 한 사람을 선택해야 하나요.

"네. 이번 발표를 준비한 그들에게 칸 박사님과 제 명의의 수상패가 전달될 겁니다."

이번 우수분임은 칸 위원장 명의의 감사패를 전달할 예정이었다.

한마디로 우수분임 선정권이 그녀에게 있는 셈.

그녀는 짧게 고민하다 말했다.

—저는 다 좋았지만 마지막 발표가 특히나 인상적이었던 것 같습니다. 좋은 시간 가져서 특별히 고맙다는 얘기도 전해 주실 수 있나요.

"물론이죠. 그 친구에게도 매우 유익한 시간이었을 겁니다."

두 사람은 크게 웃으며 만찬장으로 향했다.

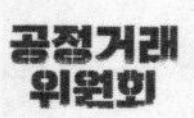

질 끝판왕 사망

한명그룹
김성균 본부

우수분임

"준철 씨!"

발표가 끝나고 돌아오는 길이었다.

"최고였어요. 진짜 수고 많았어요!"

신소희가 흥분을 주체 못 하며 말을 걸어왔다.

칸 위원장의 날렵한 질문까지 잘 받아치지 않았나.

짧은 발표였지만 가장 돋보이는 발표라는 건 충분히 짐작할 수 있다.

"모두 다 같이 한 거죠, 뭐."

"그래도 준철 씨 없었다면 꿈도 못 꿨어요."

신소희가 호들갑스레 말하자 옆에 있던 분임들도 가세했다.

“그분 질문 진짜 무섭더라고요. 자기 논문 인용한 게 비위 맞추려 한지 알고 공격적으로 질문했잖아.”

“진짜 십년감수했어요.”

“그래도 준철 씨 덕분에 잘 넘어갔어요. 준철 씨가 웹튜브 수사팀이었다는 거 내가 왜 잊고 있었지.”

신소희는 아직도 여운이 가시지 않는지 목소리 톤이 높았다.

준철도 흐뭇하게 웃었다.

“다 우리가 잘한 거죠. 칸 위원장의 박사 논문, 교수 재직 시절 논문 다 찾아 준 게 여러분들인데.”

“근데…… 우리 이번에 만회한 거 맞겠죠? 확실히 칸 위원장 반응은 좋아 보였는데.”

“당연하죠. 본인 입으로 가장 인상적이었다고 말했는데.”

“그 자리에 있던 다른 국장들 얼굴도 심상치 않았어요. 우리 확실히 만회한 것 같아요.”

비단 칸뿐이었겠는가.

그 자리에 모인 모든 사람이 흥미롭게 지켜본 발표였다. 준철이 경험담까지 넣어 규제 근거를 댔을 땐 곳곳에서 작은 탄성이 들렸다.

분명 지난번 분임토론을 다 만회한 발표였으리라.

숙소에 다시 도착했을 땐 준철도 다리에 힘이 풀렸다. 다사다난했던 하루이지 않나.

꼭 미국 대통령 앞에서 발표를 한 것 같은 기분이다.

"다들 쉬세요. 이제 남은 일정은 없다 하니 공부 그만 시킬 거예요."

"그러게요. 모두 고생하셨어요!"

그렇게 모두 돌아갈 때, 신소희가 다가왔다.

"준철 씨 바로 안 들어갈 거죠?"

"예…… 카페에서 시간 좀 죽이다 가려고요."

"아이고- 왜 하필 그 재수탱이랑 룸메가 돼서."

"여러 의미에서 운명인가 봐요."

준철이 어깨를 으쓱하자 그녀가 웃었다.

"참 사람이 참 간사한 것 같네요. 막상 입소할 땐 그냥 무사히 나가는 게 목적이었는데 이젠 나도 좀 욕심이 나요."

"우수분임이요?"

"네. 혹시 준철 씨도?"

"저는 그냥 망신 안 당하고 끝내서 좋은데요."

신소희가 묘한 웃음을 지었다.

"참 알면 알수록 모르겠는 사람이네요."

"네?"

"사실 편견이 좀 있었거든요. 올해의 공정인상 탈 정도면 이번 발표에 사활을 걸 거라는. 알잖아요. 다들 상대평가인 거 안 순간부터 예민해진 거."

준철도 공감했다.

1차 분임토론 이후 살벌해진 분위기.

입소할 때 툴툴거리던 사람들이 언제 그랬냐는 듯 자발적으로 공부를 했다. 지하 카페가 스터디카페가 될 정도로.

"전 사실 진급 욕심이 없어서……."

"세상에 자기 입으로 진급 욕심 있다고 하는 사람이 어딨어요. 근데 준철 씨 말은 진심인 것 같네요."

그녀가 준철의 어깨를 툭 쳤다.

"괜히 얄밉다. 자기는 욕심도 없는데 상도 타고, 사건도 잘 해결되고 그런다는 거 아녜요."

준철이 쿡 웃었다.

"근데 우리 남은 연수 땐 뭐 하죠? 아직 3일 남은 걸로 아는데."

"현장 답사한대요. 경주 유적지 돌아다니면서 자유시간 줄 거라는데 사실상 노는 거죠."

"자유시간이군요…… 근데 이미 수학여행 때 많이 와 봤는데……."

"그래도 이게 어디예요 공부 안 시킨다는데."

듣고 보니 맞는 말이다.

"아무튼 어려운 발표 맡아 줘서 너무 고마웠어요."

"네. 신 팀장님도 고생 많으셨어요."

"아무리 재수탱이가 미워도 너무 늦게 들어가지 마요. 감기 걸릴라."

"네, 감사합니다."

신소희는 묘한 여운을 남기며 숙소로 돌아갔다.

◎

그래도 양심은 있는 놈들이다.

간담회가 끝난 뒤부턴 지옥 연수의 일정이 많이 너그러워졌으니.

이튿날부턴 현장 답사가 시작되었는데 사실상 자유시간이었다.

고등학교 때 숱하게 봐 왔던 불국사는 몇십 년이 지난 지금도 그대로였다. 문화유산 답사도 좋지만, 과거의 추억을 자연스레 떠올릴 수 있어 감회가 새로웠다.

—다음은 한국에서 최초로 시행된 반독점법 규제의 현장입니다. 이곳이 통일신라 시대의 경시(京市)거든요. 지금으로 따지면 시장.

"네."

—근데 흉년에 귀족들이 곡식을 매점매석해서 폐해가 많았어요. 그러던 게 선덕왕 4년. 큰 기근이 들었을 때 전국적으로 매점매석을 금하고, 구휼 정책을 폈습니다. 따지고 보면 독과점과 담합을 규제한 거죠.

그게 한국 역사 문헌에 나와 있는 최초의 반독점법 규제라고 한다.

갖다 붙이는 거 하나는 예술이다.

—공식 일정은 여기까지입니다. 아마 옛날 생각 많이 나고 감회가 새로울 겁니다. 자유롭게 시내 관광하시고 집합 시간까지 모여 주세요.

"네—!"

"간사님. 혹시 시내 돌아다녀도 되나요?"

—물론이죠. 집합 시간만 지켜 주세요.

자유시간의 가장 좋은 점은 술도 마실 수 있다는 거다.

사실 여기에 모인 사람들은 다 혼기가 꽉 찬 사람들 아닌가?

경쟁 관계에서 다시 동료로 돌아오니 살랑살랑한 분위기가 꽃 피웠다.

"저기— 적당히 돌아보고 술이나 한잔하실래요?"

"원래 진짜 해외 연수 가면 이곳저곳 많이 돌아본다는데."

"아, 그래요. 우리끼리 뒤풀이 한번 합시다."

낯간지러운 대화가 들려올 때, 분임들이 준철을 찾았다.

"마침 여기 있었네. 준철 씨. 우리 불국사 앞에서 기념사진 한 번 찍어요."

"맞아요, 선배님. 마지막 발표 너무 수고했어요."

분임들은 긴장이 풀렸는지 한껏 상기된 얼굴이었다.

"사진 좋죠. 찍어 달라고 할까요?"

"네—!"

그렇게 불국사 앞에서 한 방.

신라 최대의 유통시장이자 민심의 바로미터로 꼽혔던 경

시에서도 한 방.

경주 산골에서도 한 방.

"우리 이거 먹으러 가 볼래요? 이게 경주에서 제일 유명한 갈비래요."

"좋죠."

버지니아의 시원한 해변, 훌리건, 햄버거 같은 건 볼 수 없었지만 그래도 좋았다.

익숙한 경주에서 노니니 다시금 수학여행을 온 것 같았다. 다른 의미로 기분이 환기되었다.

"우리 기념품도 하나 사 가죠."

"네."

그렇게 뿔뿔이 흩어질 때, 신소희가 말했다.

"저기 보니까 면세상품도 팔더라고요. 핸드백이나 클러치 같은. 준철 씨 필요 없어요?"

"저는 괜찮아요. 가방 들고 다녀서."

"아니 뭐 사 뒀다가 여자 친구 주고 그럴 수도 있죠."

"……없어서."

"아, 그렇구나."

그녀는 피식 웃으며 준철의 손을 끌었다.

"그럼 우리 분임들 저녁에 시내 나와 볼래요? 경주 야시장이 아주 볼거리가 많대요. 내가 기념품으로 하나 사 줄게요."

현장 답사까지 마치자 어느새 해단식이 다가왔다.

긴장이 반쯤 풀렸던 연수자들도 오늘만큼은 사뭇 긴장한 얼굴이었다.

이번 연수의 대미를 장식할 우수분임 발표가 바로 오늘이었기 때문이다.

"누가 받을까……?"

"6조 아니야? 칸 위원장이 제일 흥미롭게 봤던 거 같은데."

"에이 그래도 6조는 분임토론 때 너무 깨졌잖아."

"맞아. 내 생각엔 구 팀장네 같은데? 그쪽도 칸 위원장 반응 나쁘지 않았어. 분임토론도 압승이었고."

분임토론 때 깨졌던 6조의 드라마틱한 반전이냐, 아니면 안정적이었던 구 팀장네의 수상이냐.

사람들은 오늘 수상자가 누구일지 쑥덕공론을 펼쳤다.

"말해 뭣해. 이건 무조건 우리가 받아."

"솔직히 우리도 칸 위원장 반응 나쁘지 않았어. 수업 때 참여도 우수했고."

반면에 이미 자신들의 수상할 확신하는 이도 있었다.

"막말로 저것들이 타면 그게 교육이냐?"

"맞아. 아주 칸 위원장 스토킹을 했더라. 논문 다 뒤져 가지고 이쁨 한번 받아 보려고."

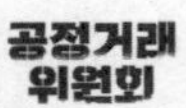

"속 보이는 새끼들. 누군 그 짓 할 줄 몰라서 안 했나."

그들은 6조를 째려보며 혀를 찼다.

구 팀장은 오늘따라 유난히 더 친밀해 보이는 신소희와 준철이 더욱 마음에 들지 않았다.

놈들에게 망신을 한 번 당했으니, 오늘에서라도 그 굴욕을 갚아 주고 싶었다.

–지금부터 해단식을 시작하겠습니다.

그러는 사이 해단식이 시작되었고, 모두들 긴장한 얼굴로 착석했다.

특별히 오늘 이 자리는 새로 부임한 최철호 공정위원장이 참석한 자리였다. 우수분임에게는 그와 칸 위원장 명의의 상패가 주어질 예정이었기에.

최 위원장은 단상에 올라 연수자들의 노고를 치하했다.

–기대와 많이 다른 연수였을 텐데, 여러분 모두 훌륭한 자세를 보여 주었습니다. 공정위를 대표해 여러분께 깊은 감사를 드리고 싶습니다.

어려운 자리에서 모두가 다 자기 역할을 해 주었다. 내색하진 않아도 정말 기특하고 대견한 팀장들이다.

최 위원장의 치하가 끝났을 땐 드디어 운명의 순간이 찾아왔다.

–아울러 특별히 수고해 준 분임에게 공정위원장, 연방거래위원장의 감사패를 전달드리겠습니다.

우수분임을 발표하겠단 얘기.

그는 조금의 뜸도 들이지 않고 바로 발표했다.

–6조입니다.

수상자가 발표되자 곳곳에서 박수가 나왔다.

결국 6조의 드라마틱한 승리구나.

구 팀장네가 수상 못 한 게 의외였지만 그래도 다들 수긍하는 분위기였다. 칸 위원장이 특별히 인상적이었다고 언급할 정도의 발표였으니.

모두가 축하 박수를 칠 때 구 팀장은 세상 똥 씹은 얼굴을 하고 있었다.

–단상으로 나와 주십쇼.

준철은 단상으로 나가며 구 팀장의 얼굴을 살폈다.

개의치 않은 척하지만 이미 불만 가득한 얼굴. 자신들이 탈 거라고 확신하던 게 분명하다.

그 모습을 보자 묘한 쾌감이 들었다.

그때 당한 걸 이렇게 갚아 주는구나.

6조는 감격에 젖은 얼굴로 위원장님과 악수를 나눴다.

"이준철 팀장?"

"아, 예."

"훌륭한 발표해 줘서 고마워. 빅테크 강력 규제안은 나도 흥미로웠어. 특히나 칸 위원장이 인상적이었다 하더군."

"감사합니다. 더 열심히 하겠습니다."

위원장은 인자한 미소를 지으며 어깨를 두들겼다.

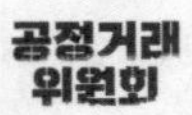

"마지막으로 청렴인 선서와 함께 연수를 마치겠습니다. 6조 대표자 나와 주십쇼."

준철은 연수자들을 대표해 청렴인 선서장을 들었다.

입소식 때 대표였던 구 팀장 얼굴은 말이 아니었다.

–선서.

"선서. 나는 자랑스런 공정인으로서 규제에……."

그렇게 다사다난했던 해외 연수가 끝이 났다.

질 끝판왕 사망

한명그룹
김성균 본부

인앱(In App)

준철의 발표는 성공적으로 끝났지만 이에 웃지 못하는 이들도 있다.

위원장실에 모인 본청 국장들은 모두 최 위원장 눈치만 살폈다. 라니에 칸까지 초빙한 지난 〈미래포럼〉의 결과를 들어야 할 자리였기 때문이다.

"미안하게 됐네. 그 얘긴 한마디도 못 꺼내 봤어."

하지만 암담한 대답이 나왔다.

그녀를 초대한 이유가 '그 얘기' 때문이었는데 한마디도 못 꺼내 봤다니.

"자네들 볼 면목이 없구먼."

"……아닙니다. 그 자리에서 그 얘기 꺼내는 것도 속 보이는 거죠."

"그래도 빅테크 기업들 규제에 대한 의지는 확인했네. 자국 기업이라고 무작정 보호해 줄 위인은 아니야."

당연한 얘기지만 그녀는 한국의 팀장들을 보러 온 게 아니었다.

지난 〈미래포럼〉은 점점 야욕을 드러내기 시작하는 빅테크들에 대한 대처를 논의하는 자리였다.

사실 한국에선 꽤 민감한 법안이 국회에 계류 중이었는데, 이 때문에 청와대가 직접 나서서 칸 위원장을 초대해 주었다.

그런데 한마디도 꺼내 보지 못했다.

"후우……."

그러는 사이 결국 문제가 터지고야 말았다.

"심 처장. 입법조사처에서 왔다고?"

"예."

"고글 때문이겠지?"

"그렇습니다. 아무래도 이번엔 고글이 물러설 것 같지 않습니다. 인앱(In App) 결제 시행할 것 같습니다."

그 말에 국장들 얼굴은 사색이 됐다.

인앱 결제는 앱에서 발생한 수익의 30%를 가져가는 고글의 수익 모델이다. 고글은 현재 게임 앱에만 적용되는 이 수익 모델을 전체 앱에 적용하려 했는데, 반발이 거세 한 차례 연기한 적 있다.

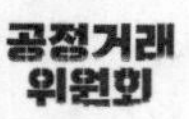

그래서 적당히 안 하는 거로 이해하고 있었는데…… 기어코 시행하는구나.

“국회 분위기는 어때?”

“앱 시장은 고글의 독과점이니 규제하자는 쪽과 시장에 맡겨야 한다는…….”

“원론적인 얘기 말고. 체감하는 진짜 분위기가 있을 거 아니야.”

“사실 인앱 결제 금지법을 압도적으로 찬성하는 분위기지만, 아무래도 눈치를 많이 보는 것 같습니다.”

최 위원장은 쓴 침을 삼켰다.

인앱 결제 금지법. 벌써 국회에서 3년째 계류하고 있는 법안 아닌가.

현재 앱 마켓은 고글과 에풀이 90%를 독점하고 있는 시장인데, 이놈들은 결제 시스템까지 독점해 버렸다.

소비자가 고글 플레이에서 앱을 다운받는 건 공짜지만, 그렇게 다운받은 앱에서 유료 결제를 하면 30%의 수수료를 떼가는 것이다.

만일 한국 기업이 이런 편법을 썼다면 당장 철퇴를 내렸겠지만 국회도 고글은 함부로 건드릴 수 없었다.

만약 이 사건이 미국과의 무역 분쟁으로 이어지면 코스피가 나락으로 떨어질 것이다.

“위원장님. 아무리 상대가 고글이라 해도 이건 선 넘은 거 아닙니까.”

암담한 얘기가 계속되자 국장 한 명이 나섰다.

“앱 마켓은 결국 유통시장이죠. 근데 어떤 시장에서 유통이 30%나 떼 갑니까? 그간 게임 업계에서 수수료 떼 가는 것도 말 많았습니다.”

“맞습니다. 이걸 전체 앱에 확대하겠다는 건 명백한 시장 지위 남용입니다.”

개는 짖어도 기차는 달린다.

고글은 꼭 그렇게 생각하고 있는 것 같았다.

수수료를 낮추라 몇 번 종용해 봤지만 놈들은 되레 이 수익 모델을 전체 시장에 적용해 버렸다.

“일각에선 사이버 택스(Tax)란 말까지 나돌고 있습니다. 고글이 결제 수수료 강행하면 모든 콘텐츠 이용료가 오를 수밖에 없습니다.”

부작용은 훤히 다 보였다.

사이버 세금이 아니라 사이버 인플레이션이 올 거다. 느닷없이 30%의 수수료를 내게 생겼는데, 당연히 모든 콘텐츠의 가격도 오를 수밖에 없다.

“너무 감정적으로 대응하지 말고. 규제가 꼭 능사는 아니야. 고글이 앱 시장을 만든 순기능도 고려해야지.”

그리 둘러댔지만 위원장 생각도 이들과 다르지 않았다.

이건 명백한 시장 지위 남용이다. 하지만 상대가 미국계

기업이라 함부로 건드릴 수 없을 뿐.

사실 지금 상황에서 제일 미운 건 고글도, 미국도 아닌 바로 국회 놈들이었다.

이런 민감한 법안 통과시키라고 금배지 달아 줬건만 정작 필요할 땐 꽁무니를 뺀다.

"그래도 입법처에서 사람 나온 거 보면 국회도 의지는 있다는 뜻이야. 우린 우리 일만 하면 돼."

그리 말하며 심 처장에게 눈을 돌렸다.

"입법처에서 구체적으로 뭘 원하나?"

"실태 조사요. 스타트업 기업들 위주로 수수료의 파장이 얼마나 될지 조사해 달랍니다."

"그건 중기부랑 합작해야겠네?"

"예. 이미 그쪽에도 얘기 다 해 놨답니다."

"또?"

"민감한 사안인 만큼 서로 타협안을 찾아 달라 당부를……."

"못 해 그건. 수수료 인정하면 하는 거고, 안 하면 안 하는 거야. 여기에 적당한 타협은 없어."

금뱃지들의 또 시답잖은 소리가 나왔다.

뭐 어쩌라는 건가. 고글이 수수료를 낮춰 주면 적당히 타협하란 뜻인가?

이번 사태로 이미 독과점의 벽을 확인했다. 앞으로 경쟁자가 나올 수 없단 것도 충분히 확인했다. 고글이 선심 쓰는 척

수수료를 낮춰 줘도 결국엔 원하는 목표치를 달성할 거다.

"우린 편견 없이 숫자로 제시하면 돼. 수수료 시스템을 전체 시장에 적용하면 어떤 파장을 미칠지."

위원장님의 의지를 확인한 국장들은 조금 안심할 수 있었다.

"실태 조사는 서울 사무소에 시키자. 시장감시국에 맡기는 게 낫겠지?"

"예. 근데 시장감시국 인력만으론 무리가 있을 겁니다."

"사람 더 필요하면 우리 본청에서 인력 좀 충원해 주고. 그리고 거기 종합국도 있잖아."

"알겠습니다."

"다른 사례가 없는지도 모두 조사해. 고글이 시장 지위를 남용한 사례가 이번 한 번은 아닐 거야. 모두 빠짐없이 조사하도록."

임무를 전해 받은 국장들이 흩어지자 위원장은 큰 한숨이 나왔다.

"라니에 칸…… 라니에 칸."

왜 그녀에게 그 얘길 꺼내지 못했을까.

빅테크들의 야욕이 점점 더 노골적으로 드러나고 있다. 그래서 이들에 대한 규제가 필요하다. 하지만 이 규제는 결코 자국 기업 보호도 아니고, 시장 질서에 대한 도전도 아니다.

우리의 진심을 알아 달라.

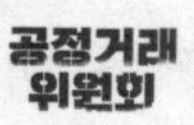

"후우……."

속보이더라도 그냥 질렀어야 하는 말이다.

공직 생활 하는 내내 이처럼 자신이 무기력하게 느껴질 수가 없었다.

❂

"중기부가 왔다고요? 국회 입법사무관도 왔고요?"

경주에서 돌아온 준철은 어이가 없었다.

지옥연수를 마치고 돌아오니 회사가 전쟁터로 변해 있었기 때문이다.

"네. 어제 TF 모임 참석해 봤는데 상황이 많이 심각한가 봐요. 팀장님도 얼른 짐 챙기세요."

"……어디로 가는데요."

"시장감시국이요. 저희 당분간 실태 조사 나가야 한답니다."

상대가 고글이라고 한다.

놈들이 앱 마켓에 갑자기 30%의 수수료를 부과해 버렸고 그 때문에 전 기관이 TF팀을 꾸렸다고 한다.

"아니…… 조사 대상이 얼마나 많기에 이렇게 많은 사람들을 동원한답니까."

"스타트업 기업만 130곳이랍니다."

"배, 백삼십이요?"

"네. 여긴 수수료 부과되면 바로 파산해 버릴 수 있는 취약 업종들이랍니다. 중견기업 대기업까지 확장하면 아마 수백 곳은 되겠죠."

새삼 고글의 위엄이 실감났다.

수수료 발표 한 번으로 대한민국 전 IT 업계를 패닉에 빠트려 버리지 않나.

"근데 입법처에선 사람이 왜 온 겁니까?"

"국회에서 지금 금지법 시행하느냐 마느냐 논의 중에 있다네요."

입법조사처는 사회적 파장이 큰 법안을 결정할 때 직접 현장 조사하는 부처다.

국회 직속 기구라 그 파워가 검찰 이상이다. 그런 사람들이 직접 납시었다는 건 보통 상황이 아니라는 뜻.

"인앱 결제 금지법이요? 현실적으로 불가능할 텐데……."

"네. 그래서 여러 가지 재고 따지고 있나 봐요. 아무래도 이번엔 정말 큰 건 하나 터질 것 같은 분위깁니다."

대략 국회의원들 심정이 어떨지 예상이 되었다.

게임 업계에만 부과되던 수수료가 전체 업종에 퍼지니 각계에서 민원이 폭주했을 것이다.

아마 국회에서도 입법은 하고 싶을 것이다. 앱 마켓은 독점 시장이 아니라 독재 시장이나 다름없으니 규제 명분도 충분하다. 하지만 절대로 규제할 수 없는 이유는 바로 그들의 국적 때문일 것이다.

"아무리 그래도 이건 아니죠. 우리 갈아 넣어서 뭐 하겠다고."

장황한 설명이 이어질 때 박 조사관이 슬쩍 끼어들었다.

"솔직히 그런 일 하라고 금배지 달아 준 거 아닙니까. 미국 설득하는 건 그 양반들이 알아서 해야지."

"너는 또 뭐가 그렇게 꼬여 있어. 그래도 좋은 일 해 보겠다는데."

"이게 무슨 좋은 일이에요. 딱 봐도 쇼하는 거 티 나는데."

"쇼?"

"고글 압박하려고 괜히 분위기 조성하는 거잖아요. 설마 이런다고 금지법이 통과되겠습니까. 고글에서 수수료 낮춰 주면 적당히 합의하겠지."

"거참 좋은 일 해 보자는데 왜 자꾸 초를 쳐?"

"그 양반들이 진짜 좋은 일 했으면 이런 논의 나오지도 않았어요. 금지법이 국회에서 몇 년이나 계류했었는데. 전 20% 봅니다. 고글에서 그 정도로 수수료 낮춰 주면 결국 합의할 거예요."

김 반장도 그 말엔 대꾸할 수 없었다.

하긴 금지법이 발의된 지가 몇 년짼데. 진짜 사안의 심각성을 인지하고 있었다면 진즉 통과됐겠지.

이렇게 밀린 방학 숙제 처리하듯 졸속으로 진행되진 않았을 거다.

"이 팀장."

그리 짐을 챙기고 있을 때 오 과장 목소리가 들렸다.

"자넨 일복이 타고났나 봐. 어째 돌아오자마자 또 폭탄이 터져 버렸네."

오 과장은 못내 미안한지 멋쩍은 웃음을 지었다.

"우수분임에까지 선정됐다고."

"……예. 과장님 덕분입니다."

"하하. 그리 말해 주면 고맙지. 얘기는 다 들었나?"

"예. 실태 조사에 나선다고 들었습니다."

"응. 시장감시국으로 갈 거야. 이게 이 팀장이 맡은 스타트업 명단들이야."

준철은 착잡한 심정으로 서류를 읽어 내려갔다.

30%의 수수료를 부과하면 파산할 수밖에 없는 기업들이라 했던가?

"제가 구체적으로 어떤 걸 조사하면 되는 겁니까?"

"재무제표 위주로. 각 기업 자금 사정이 어떤지 수수료 부과되면 얼마나 어려워지는지 알아봐. 아마 다들 신생 기업들이라서 하고 싶은 말이 많을 거야."

단순히 한풀이 듣는 걸로 끝나진 않을 거다.

오 과장은 준철의 어깨를 다독이며 말했다.

"이런 조사는 처음이겠지만 너무 긴장 말라고. 시장감시국 전문 요원이 다 지시해 줄 테니."

"예. 알겠습니다."

"어, 마침 자네 사수 왔구먼."

그리 말할 때, 불현듯 익숙한 실루엣이 보였다.

아니, 무척 불쾌한 실루엣이 보였다.

"서로 초면…… 아, 아닌가? 구 팀장도 이번에 경주 연수 갔다 왔지?"

"아, 예……."

"뭐야? 서로들 모르는 거야? 가둬 놓고 공부만 시켰다더니 안면도 못 텄나 보구먼. 인사들 해. 이 팀장, 이쪽은 자네랑 실태 조사 맡을 시장감시국 구현수 팀장. 자네 사수야."

사수라니. 저 미친놈이 이번 사건의 사수라니!

준철이 고개를 들지 못할 때 불쾌한 손등이 불쑥 나타났다.

"아이고…… 내가 사수네요. 잘 부탁합니다. 이준철 팀장님."

놈은 사악하게 웃고 있었다.

"어머, 이 팀장님?"

축 처진 발걸음으로 구 팀장 사무실에 들어섰을 때, 기분 좋은 목소리가 준철을 반겼다.

신소희 팀장이 들뜬 목소리로 인사를 해 온 것이다.

"여긴 웬일이세요? 설마 고글 조사?"

"……네. 저희도 이번 조사에 합류하게 됐네요. 신 팀장님은?"

"아이고. 저희 시장감시국은 인력 총동원이에요. 맡은 사건도 다 이관시키고 전부 합류시켰어요."

과연 세기의 수사다운 규모다.

입법조사처, 중기부, 시장감시국, 종합감시국. 끌어다 모을 수 있는 인력은 다 끌어모은 것 같다.

인앱 수수료로 피해를 입게 될 기업이 그만큼 많다는 뜻이겠지.

신소희는 눈치를 살피다 조심히 물었다.

"이 팀장님. 혹시 사수가?"

"구현수 팀장님……이네요."

"에휴-."

"신 팀장님은요?"

"마찬가지죠. 아마 기업들 면담하는 건 다 그 사람이 담당할 거예요."

준철의 눈이 커졌다.

"구 팀장님도 팀장급인데, 이번 조사를 다 담당하나요?"

"네. 그 사람 내년에 과장 달잖아요. 그것도 본청 과장. 저희 시장감시국에선 이미 다 과장급으로 대우하고 있어요."

개차반 같은 성격 때문에 잠시 잊고 있었다.

놈이 시장감시국에선 인정받고 있다는 놈이라는 걸.

"혹시 구 팀장님 업무 스타일은……."

"너무 걱정 말아요. 생색을 많이 내서 그렇지 일 처리는 깔끔한 편이니까."

"그건 걱정 안 되는데 저랑 악연이 있어서요."

"에이- 설마 이런 초비상상황에서 자기 사심 부리겠어요?"

그놈이라면 충분히 그럴 수도……?

신소희는 준철의 이런 마음을 읽었는지 조심히 귀엣말을 했다.

"설마 그래도 좀만 참아 봐요. 이번 조사는 오래 안 갈 것 같으니까."

"무슨 말씀이세요? 판이 이렇게나 큰데 오래 안 간다고요?"

"응. 이게 다 고글 압박하려고 모인 거란 소문이 있거든요. 솔직히 수수료 30%는 너무했지. 아마 그쪽에서 적당히 수수료 낮춰 주면 합의될 겁니다."

박 조사관의 투정이 괜한 말이 아니었다.

고글 겁주기 위해 모였다는 말.

하긴 상대가 미국 기업인데 어떻게 함부로 건드리겠는가.

인앱 결제 금지법은 전 세계에도 유례가 없는 초강도 규제안이다. 적당한 수수료에서 합의될 거란 게 내부자들의 중론이었다.

"그러니까 좀만 참으세요. 저 재수탱이가 심통 부리면 한 귀로 듣고 다른 귀로 흘려요."

"애초에 싸울 생각도 없었습니다."

"거짓말. 아까까지만 해도 눈에 살기가 그득했는데?"

"전 저 사람한테 사심 없어요."

"흠– 분임 토론 때 당한 거 열 배로 갚아 주자고 했던 게 누구였더라? 칸 위원장 교수 논문까지 찾으라고 한 게 누구였더라?"

쾅–!

"공정위 전체가 다 비상인데 그렇게 희희낙락거릴 시간 있어?"

그때, 이 달콤한 분위기를 또다시 깨는 목소리가 들렸다.

"연애질은 연수받을 때 다 끝냈어야지. 두 사람 너무 경우 없는 거 아니야?"

갑작스러운 구현수의 등장에 신소희가 당황한 얼굴을 감추지 못했다.

"……업무 전달 사항이 있어서 잠시 얘기 나눴어요."

"업무 전달? 신 팀장은 아주 일이 즐거운 사람인가 봐. 상대하기 버거운 기업이라 그렇게 웃으면서 전달할 얘기는 없

는 것 같은데."

"……."

"내가 하라는 조사는 다 했어?"

"여기 있습니다."

구현수는 서류를 대충 읽더니 눈썹을 치켜세웠다.

"그새 또 늘었네? 이게 다 이번에 수수료 강행하면 파산할 수도 있는 기업들인가?"

"예. 현재 스타트업들은 82곳으로……."

"그 얘긴 됐어. 어차피 파악 들어가면 계속 늘어날 텐데 지금 들어서 뭐 해. 이 사람들이랑 면담 일정 언제 잡을 거야?"

"최대한 빨리 일정 잡겠……."

"그럼 나가 봐. 다 만나 보려면 궁둥이 붙일 시간도 없겠네."

놈은 날파리 쫓듯 손을 휘휘- 내저었다.

님이 남이 되면 더 무섭다더니. 신소희를 향한 애정이 이젠 증오로 변한 것 같다.

그녀가 퇴장하자 구현수는 기분 나쁜 눈초리로 준철을 훑어봤다.

"사람 그렇게 안 봤는데 이 팀장한테 실망이야. 자긴 일하려고 합류한 게 아니라 사심 채우려고 왔어?"

"그런 게 아닙니다만, 죄송합니다."

참자. 얼마 안 볼 놈이다.

"하여간 변명은 장황하지. 쯧-."

"……."

"이런 수사 해 본 적 있어?"

"독과점 수사는 한 번 해 본 적 있습니다. 어협에서 비조합원 차별 사건을……."

"누가 지금 자기 커리어 궁금하대? 시골에서 골목대장 하는 놈들 말고. 다국적기업이나 빅테크 기업들 상대해 본 적 있느냐고."

당연히 없었다.

놈은 머뭇거리는 준철의 반응이 재밌었는지 더욱 노골적으로 자존심을 뭉갰다.

"아이고- 내 팔자야. 안 그래도 상대하기 버거운 기업인데, 하필이면 경험도 없는 팀장이 부사수로 와 버렸네."

"……최선을 다해 돕겠습니다."

"그래, 많이 최선을 다해야겠다. 미약하겠지만."

구현수는 심드렁한 얼굴로 한 서류 무덤을 가리켰다.

"저거 다 복사해서 각 팀에 배부해. 이 자룐 입법처에 팩스로 보내고."

"예."

"나가 봐."

"예?"

"왜 자꾸 사람 두 번 말하게 만들어? 나가 보라고."

준철은 너무 어이가 없어 표정 관리도 되지 않았다.

“그게 끝입니까? 서류 복사하고 팩스 보내는 게.”
“누가 끝이래? 자리 가서 대기해. 협력 부처 많은데 앉아서 전화는 받아야 할 거 아니야.”
“제가 과장님께 듣기론 스타트업들 만나서 면담해야 한다고 들었습니다. 그건…….”
쾅-!
“하여간 주제도 모르고 의욕만 넘치지.”
“…….”
“기업 면담이 무슨 커피 한 잔 마시고 오면 끝인 줄 알아? 꿈 깨. 경험도 없고 전문성도 없는 놈한테 뭘 맡겨? 그냥 얌전히 앉아서 우리들 잡무나 처리해.”
이로써 확실해졌다.
놈은 이번 사건에서 사심을 뺄 생각이 없다는 걸.
“왜? 혹시 뭐 궂은일은 하기 싫다, 이런 건가?”
“죄송합니다. 생각해 보니 구 팀장님 말씀이 맞는 것 같습니다.”
의외의 반응이 나오자 구 팀장이 흠칫 놀랐다.
“할 수 있는 일을 해야죠. 맡기신 일은 실수 없이 잘 처리하겠습니다.”
“……말귀는 제법 알아듣네. 내 지침 없이 함부로 움직이지 마. 나가 봐.”
구현수는 고개를 꾸벅 숙이고 나가는 준철을 떨떠름한 얼굴로 쳐다보았다.

앞에선 고개를 숙이지만 뒤에선 무슨 계획을 꾸미고 있는지 알 수가 없는 놈이다.

◎

"정말 그게 답니까? 서류 복사하고, 팩스 보내고, 자리나 지키고 있으라고요?"

"네. 많이 좀 배려를 해 주셨어요."

"이건 배려가 아니라 무시 같은데요. 그냥 대놓고 허드렛일시키겠다는 거 아닙니까."

반원들에게 이 사실을 전하자 원성이 쏟아졌다.

배려와 무시가 어떻게 다른지 충분히 안다.

종합국 자체가 은근히 무시받는 부처이긴 하지만 이런 대접은 또 처음이었다.

"좋게 생각하면 조사팀의 컨트롤 타워죠. 실태 조사팀이 올린 보고서를 다 저희가 다룰 겁니다. 입법처에 보내는 것도 저희고. 어쩌면 가장 중요한 역할이에요."

준철도 마음 상하는 건 마찬가지였지만 달리 생각하기로 했다.

업무 배제건 배려건 시간이 여유로워진 건 사실이다. 윗선의 지시가 없으니 사안을 다각적으로 검토할 수도 있다.

"반장님. 먼저 저 자료 복사해서 각 팀에 배부해 주세요."

"하아…… 네."

"그리고 박 조사관님. 고글이 시장 지위 남용한 사례가 이번이 처음은 아니죠? 무슨 클라우드 서비스도 유료화시킨 적 있다던데 그건 무슨 내용입니까?"

박 조사관은 떨떠름한 얼굴로 자료 하나를 꺼냈다.

"Go-mail 유료화요. 메일에 저장할 수 있는 클라우드 서비스를 갑자기 유료화한 겁니다."

"그때 국내 대학들 반발이 심하지 않았습니까?"

"네. 연구 데이터 같은 중요 자료들이 다 클라우드에 있었는데, 그걸 다 유료화시켜 버렸으니까요. 몇몇 대학은 아예 자체 내부망을 만들어 버렸습니다."

준철은 박 조사관이 내민 서류를 꼼꼼하게 읽었다.

비교적 최근에 벌어진 기습 유료화였다.

"밀당을 좀 많이 했나 보네요?"

"네. 처음엔 유료화한다고 했다가 반발이 심하니 몇 달 유보하고, 그러다 또 잠잠해지면 다시 운 떼고 했죠."

가장 중요한 건 이 사건의 결과였다.

"근데 결국 하긴 했습니다. 이제 고글 클라우드 서비스는 유료예요."

"같은 사례가 몇 개나 더 있습니까?"

"한두 가지가 아닙니다. 고글 쇼핑도 처음엔 수수료를 안 받다가 최근에 받기 시작했고요. 또 고글 포토도 처음엔 무료 배포하다가 유료화했습니다."

"고글 포토는 뭡니까?"

"영상 편집 서비스요. 일종의 포토샵 같은 건데 그것도 유료화했어요."

"그건 별문제 없었습니까?"

"네. 이건 뭐 고글이 시장을 다 독점한 게 아니라서요. 과금 수준도 업계 평균 가격보다 훨씬 더 저렴했습니다."

보고를 들은 준철은 희미하게 웃음을 지었다.

무소불위의 고글도 상냥할 때가 있었다.

바로 시장을 다 독점하지 못했을 때.

"반장님. 그럼 이 자료 중점적으로 복사해서 입법처에 보내 주세요."

"예? 팀장님 이건 인앱 결제와 직접적 관련이 없는 일인데요."

"수익 모델 적용 방식이 다 똑같잖아요. 아낌없이 퍼 주다 나중에 견적서 들이미는 거."

김 반장은 작게 한숨을 지었다.

"팀장님. 뭔가 좀 오해가 있으신데…… 이거 진짜 규제안 통과시키려고 이러는 거 아닙니다. 최종 목표는 수수료 인하예요. 너무 깊게 들어가는 것 같습니다."

"그건 입법처에서 잘 고려하겠죠. 저흰 그냥 걸리는 부분

다 보고로 올립시다."

준철의 고집을 이미 다 아는 사람들이었기에 별말은 나오지 않았다.

"알겠습니다."

반원들이 물러가자 준철은 폭탄처럼 쌓여 있는 조사서를 읽어 내려갔다.

사실 지금까지 파악한 자료는 암담한 내용뿐이다.

단 한 번의 실패도 없지 않는가?

고글이 유료화를 마음먹으면 그 누구도 막을 수 없었다. 그 과정에서 유료화 시기를 연기하고 수수료를 조금 낮춰 주는 정도의 퍼포먼스는 있었지만, 결국 목표치를 달성해 왔다.

경쟁자가 등장할 수 없는 산업 구조니 이번에도 크게 다르진 않을 것이다. 사실 그 암울한 전망은 이미 시장에서부터 나타나고 있었다.

일부 스타트업 기업들은 이미 체념하고 콘텐츠 비용을 올렸다. 국회가 고글을 막을 수 있을 것 같지 않으니 일찌감치 가격을 인상한 것이다.

'흠…….'

반도체 선두 주자, IT 강국이란 말도 빅테크들의 위엄 앞에선 유명무실한 말이었다.

고글이 정말 인앱 결제를 강제하면 사이버 인플레이션이 올 것 같았다.

만만치 않은 상대라는 건 알고 있었지만 이 정도일 줄이야.

"으……."

그렇게 하염없이 서류를 넘길 때.

"으악!"

또다시 정체불명의 통증이 찾아왔다.

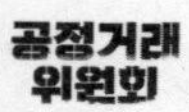

질 끝판왕 사망

한명그룹
김성균 본부

단독보고서

툭툭툭.

칠흑 같은 어둠 속에서 볼펜 치는 소리가 들린다.

실루엣이 드러나자 어느 회의실이 보였고, 상석에 앉은 사내가 볼펜을 돌리고 있었다.

'저 사람은…….'

그가 누군지는 따로 설명이 필요 없었다.

제임스 리, 현재 고글코리아 지사장을 맡고 있는 인물 아닌가.

최근 고글의 각종 수수료를 다 통과시키며 이미 언론에선 악명이 자자했다.

"단도직입적으로 말합니다. 본사의 의지는 확실해졌어요."

회의가 시작되자 임원들의 얼굴이 급속히 굳어졌다.

“지사장님. 한 번만 더 재고를…….”

“이번에도 관철시키지 못하면 여기 있는 사람들 모두 사표 가져와야 할 거요.”

교포 출신이라 민주적인 회의를 예상했는데 전혀 아니다.

그만큼 고글의 인앱 수수료 부과 의지가 확고하단 뜻일까?

사표 얘기가 나오자 금세 회의실이 얼어붙었다.

“꼭 내 입에서 험한 말 나와야 알아듣겠어요?”

“…….”

“냉정하게 생각해 봅시다. 인앱 결제 수수료는 우리가 이미 두 차례나 연기시켜 준 사안 아니요.”

“…….”

“그간 공짜로 사용하던 거 이제 이용료 받겠다는 거라고. 이거 가지고 무슨 국민 눈치, 국회 눈치까지 봐.”

이제는 한마디의 반박도 나오지 않았다.

최근 고글의 모든 유료화는 다 그가 강행하지 않았나.

이번에도 불도저처럼 밀어붙일 것이다.

“김 대표님. 그 법안은 어떻게 될 것 같습니까?”

그는 눈을 돌려 김현석 대표를 봤다.

고글코리아 대표로 한국계 사람이었지만 실상은 바지사장이었다. 사과할 일이나 국회에 불려 갈 일이 있으면 매만 대신 맞아 주는 대타 선수였다.

"아직 별다른 움직임은 없습니다만. 저희가 이번에 수수료를 강행하면 분위기가 달라질 것 같습니다."

"달라져?"

"인앱 결제 금지법이 현실화될 가능성도 없잖아 있습니다."

제임스 리는 비웃음을 흘렸다.

"이미 국회에서 3년째나 계류 중이었는데 이제 와?"

"그 신호를 무시해선 안 됩니다. 국회도 사안의 심각성은 인지하고 있단 뜻이죠."

"그럼 한국 국회가 미국과의 갈등을 불사하면서까지 법안을 통과시킨다?"

김 대표의 입이 다물어졌다.

자칫하면 무역 분쟁으로 번질 수도 있는 문제 아닌가? 자사가 미국계 기업이라는 걸 잠시 잊고 있었다.

"다른 사람들 의견들은?"

지사장이 기분 나쁜 티를 내자 이를 기회로 삼는 이도 있었다.

"지사장님. 본사의 의지가 정 그리 확고하면 그냥 강행하시지요."

"부사장? 계속해 봐."

"말씀대로 저희가 무슨 봉사 단체도 아니고. 그간 무료로 제공했던 앱 마켓에 이젠 이용료 받겠단 거 아닙니까."

"맞습니다. 이걸 규제하면 오히려 한국 정부가 시장 질서를 저해하는 겁니다."

지사장의 얼굴에 차츰 미소가 걸렸다.

듣고 싶은 대답이 비로소 나오기 시작한 것이다.

"그리고 인앱 결제 금지법은 글로벌 사례도 없습니다. 한국 국회가 사례도 없는 규제안을 통과시킬 리 없습니다."

"나 그렇게 판에 박힌 대답 들으려고 회의 연 거 아니야. 그래도 우리가 조심해야 할 부분은 있을 거 같은데."

"계속 그렇게 조심만 하면 큰일 못 합니다. 지난 클라우드 서비스 유료화도 그렇고, 지금도 그렇고. 결국 누군가가 결단력을 보여 줘야 문제가 해결됩니다."

수수료 부과는 늘 처음이 어려웠다.

처음 클라우드 서비스를 유료화했을 때도 전국 대학들이 다 들고 일어나지 않았나. 세간에선 고글이 학습권까지 박탈한다고 비난했다.

하지만 지금은 어떤가?

결국 유료화는 진행되었고, 이젠 고글의 든든한 캐시카우가 되었다.

"우리 김 대표님께선 여전히 생각에 변화가 없습니까?"

"……클라우드 사태와 지금은 다릅니다. 파급력 면에 있어서."

"파급력?"

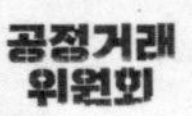

"그거야 1천 기가 이상의 데이터만 유료화했으니 민간에 피해가 없었지요. 하지만 인앱 수수료 부과는 전 국민이 체감하게 될 겁니다."

또다시 마음에 안 드는 대답이 나오자 부사장이 직접 나섰다.

"가만 보면 대표님께서 너무 결단력이 없으신 것 같습니다."

"뭐?"

"이건 이래서 안 된다. 저건 저래서 안 된다. 오로지 안 될 이유만 찾으시잖아요."

"기업은 여론 등져서 좋을 게 없어! 현실적인 이유를 지적하는 게 딴지야?"

"우리도 직원들 월급 주려면 수익 모델 계속 적용해야 합니다. 이런 현실은 안 보이십니까?"

"다들 그만-."

두 사람 사이에 스파크가 튀자 지사장이 다시 나섰다.

"왜 우리끼리 언성 높이고 그래? 부사장. 열의는 알겠는데 그래도 서로 빈정 상하는 말은 마."

"……죄송합니다."

"대표님도 그만하세요. 결단력이 필요한 순간이란 건 사실 아닙니까."

둘 다 꾸짖었지만 지사장의 마음이 어디로 기울었는지는

모두가 다 알 수 있었다.

"지사장님. 그럼 늘 쓰던 그 수법 쓰시지요. 2보 전진을 위한 1보 후퇴."

그때 부사장 옆에 있던 한 임원이 말했다.

"여론 반응이 심상치 않으면 현 30%의 수수료를 절반 정도로 낮추는 겁니다."

"15%? 본사에서 원하는 거하곤 너무 다른데."

"차액은 나중에 기회 봐서 올리면 되지요. 어차피 소비자물가는 매년 오릅니다. 저희도 적당한 때에 조금씩 올리면 결국 목표치까지 끌어올릴 수 있습니다."

지사장은 흡족하게 웃었다.

냄비 속에 있는 개구리. 온도가 서서히 올라가면 자신이 죽는 줄도 모른다.

장기적으로 보면 충분히 달성할 수 있는 목표다.

"이 정도면 꽤 훌륭한 타협안 같은데 대표님 생각은 어떻습니까?"

지사장은 눈을 돌려 김 대표를 살폈다.

이번 사태가 커지면 또 궂은일을 도맡아 줘야 할 사람 아닌가.

한참 생각하던 그는 마지못해 대답했다.

"……그렇게 하는 게 좋을 것 같습니다."

"굳이 저 안 도와주셔도 되는데……."

"하는 김에 저도 하는 거죠."

"근데…… 진짜 이래도 될까요?"

"안 될 거 있나요. 면담 조사 도와드리는 건데."

스타트업 대표들과의 만남 자리.

신소희는 불안감을 지울 수 없었다.

구현수가 허드렛일이나 시키며 업무 왕따를 시키지 않았나. 다른 팀장들 같았으면 오히려 놀 수 있는 기회로 여겼을 것이다.

하지만 준철은 면담 자리를 자청했고, 직접 자리에까지 나왔다.

"혹시 불편하세요?"

"뭐 그런 건 아니지만……."

고마움보다 설렘이 더 드는 건 왜일까.

"이게 스타트업 명단이에요."

신소희는 당황한 얼굴을 감추며 화제를 돌렸다.

"분위기는 아시죠? 완전 초상집인 거."

"네."

"아마 저희 상대로 하고 싶은 얘기 많을 거예요. 힘들더라도 다 들어 줘야 돼요."

없던 수수료가 갑자기 부과된다는데 말이 없을 수가 없지.

그것도 30% 아닌가?

아마 공정위에게 하고 싶은 말이 많을 것이다.

하지만 막상 그들과 당도했을 땐 전혀 다른 상황이 펼쳐졌다.

"이번 사태가 업계에 미칠 영향이……."

"부정적이겠죠."

"대표님께선 다른 애로 사항은……."

"다 말하기도 힘들 것 같네요."

초점을 잃은 눈동자와 시큰둥한 대답. 면담에 모인 8인방의 스타트업 대표들의 공통된 표정이었다.

신소희가 장황하게 물어도 단답형 대답만 돌아왔다.

"대표님께선 어떠세요……?"

"다를 게 있겠습니까."

"매출에 얼마나 타격이 갈까요……?"

"많이 가겠죠. 폐업할 수도 있겠고요."

"……혹시 저희한테 따로 하고 싶은 말씀 있나요?"

그리 묻자 곳곳에서 비웃음이 새어 나왔다.

"얘기하면 들어주긴 합니까?"

"현재 입법처와 저희가 실태 조사를 하고 있어요. 필요하다면 법안도 통과될 겁니다."

"법안? 국회에서 벌써 3년째나 계류된 법안이 이제 와 통과된다고요?"

법안 얘기가 나오자 그들이 울컥하기 시작했다.

"다 필요 없으니까 그만하고 가요! 지금까지 미뤄 놓고서 무슨."

"……."

"이거 다 국회에서 쇼하는 거잖아. 국민들 보는 눈은 있겠다, 뭐라도 하는 척은 해야겠다."

역시나 시큰둥한 게 아니라 아예 체념한 거였다.

이런 사태를 미연에 방지하지 못한 국회에 대한 실망감이겠지.

"고글이 인앱 수수료 부과하면 여기 있는 사람들 2년 안에 폐업할 겁니다. 이 소리 들으려고 왔어요?"

"그래서 미리 다 콘텐츠 비용 올리셨습니까?"

가만히 듣던 준철은 펜을 멈추고 한마디 던졌다.

"뭐?"

"여기 계신 대표님들께선 미리 결제료를 올리셨더군요."

"아니 그럼 우리더러 진짜 죽으란 거요? 정 답이 없어서 20% 올렸습니다. 고글 수수료는 30%데 우린 올려도 10%가 손해라고."

"그러니까 그런 얘길 많이 해 주세요. 고글 저대로 놔두면 사이버 인플레이션 올 거다, 이 피해는 결국 소비자가 입는다."

"뭐?"

"사람은 다 자기랑 관계 없으면 관심도 없잖아요. 이 수수료 단행으로 누가 피해를 입을지 적극적으로 말해 주세요. 그럼 국회에서도 마냥 손 놓을 수 없습니다."

당당한 대답에 사뭇 분위기가 달라졌다.

"이보세요. 암만 그래도 이거 고글 못 막을……."

"막을 수 있습니다. 제가 입법조사처에 면담 내용 올리는 담당자거든요. 약속드리죠. 오늘 여러분들이 말씀하신 내용은 가감 없이 모두 보고에 올리겠습니다."

그 말엔 신소희가 놀랐다.

"이 팀장님. 단독보고서 올리면 안 되는……."

신소희는 말을 주저할 수밖에 없었다.

현 상황에서 단독보고 올리면 안 된다는 얘길 했다간 이들의 화살이 자신에게 돌아올 것 같았다.

"OPA 대표님. 귀사께선 이번 충돌이 처음은 아니죠?"

"……예?"

"대학교 홈페이지 관리자 아니십니까. 고글이 클라우드 유료 단행할 때도 사업에 많은 부분을 잃었다고 들었습니다."

"그건 어떻게 아셨습니까?"

"전부 조사하고 있어요. 고글의 과거 사건까지도."

과거라는 얘기에 사람들이 술렁이기 시작했다.

설마 고글의 지난 유료화 과정까지 다 들추겠다는 건가?

"맞아요. 저흰 이번이 2연타예요."

"앱 수수료 부과하면 어떻게 되죠?"

"솔직히 말하면 답이 없어요. 앞이 안 보여요."

그는 결국 울분이 터지고 말았다.

"지금도 매출이 100이면 우리가 가져가는 건 10이 안 돼요. 서버구축비다 홍보비다 뭐 떼 가는 돈이 얼만데!"

"맞아요! 솔직히 이건 이중 수수료예요. 앱 마켓에 처음 들어가면 고글한테 광고 줘야 되거든요. 광고 없으면 아예 노출이 안 되니까."

"근데 수수료를 또 떼 가요? 진짜 죽으라는 소리예요."

한 번 터진 애로 사항은 그 뒤 끝없이 이어졌다.

참으로 아이러니한 일이다. 혁신의 아이콘이었던 고글이 이젠 혁신의 장애물이 되다니.

"결국엔 콘텐츠 비용이 오르든가, 우리가 죽든가 둘 중 하나예요."

준철은 가만히 듣다 다시 물었다.

"그러니까 한마디로 사이버 인플레이션이 올 수도 있단 거네요?"

"이 팀장, 이 팀장!"

이튿날 아침.

공정위 서울사무소가 발칵 뒤집어졌다.

"자기 입법조사처에 보고서 올렸어?"

구현수 팀장이 길길이 날뛰며 준철을 찾아온 것이다.

"예."

"예? 지금 싹싹 빌어도 모자랄 판에 그게 무슨 태도야?"

"팩스 보내는 일 하라고 하셨잖아요. 스타트업 대표들 면담 자료 보고했습니다."

"내가 그냥 뒤에서 잡무나 보라 했지 누가 이러랬어! 사람 얼마나 무시하면 내 허락도 없이 단독보고서를 올려?"

놈은 이성을 잃은 듯 목소리를 높였다.

그럴 만도 했다.

TF팀이 조사한 자료는 내부 회의를 거쳐 입법처에 보고되지 않나. 새파랗게 어린놈이 그 보고 체계를 건너뛰었다.

"중요한 자료라서 부득이 직접 올렸습니다."

"뭐가 중요한 자료야? 고글이 지금까지 수수료 부과한 사례 조사해서 올렸더만. 그것도 네 사견 팍팍 담아서!"

"사견 없었습니다. 고글이 수수료 부과할 땐 늘 같은 수법을 썼습니다. 국회에서도 이건 알고 있어야 할 부분 아닙니까."

구현수는 서류를 패대기쳤다.

"그래서 하고 싶은 말이 뭐야?"

"이번에도 같은 수법에 당해선 안 된다는 거죠."

구현수가 한숨을 쉬었다.

이런 답답한 놈 같으니라고. 누군 고글이 얼마나 영악한지 몰라서 이러나?

"이 친구야, 모르면 뭘 좀 물어보면서 해."

그러면서도 묘한 승복감이 들었다.

이게 이 어린놈의 약점이다. 일은 제법 하는데 조직 분위기를 읽을 줄 아는 안목은 없다.

"우리 TF팀은 진짜로 규제안 만들려고 모인 거 아니야. 적당히 분위기 조성하고 고글과 합의점 찾으려고 모인 수사팀이야. 근데 고글이 지금까지 수익 모델 어떻게 적용했는지 왜 들쑤셔."

놈은 넥타이를 풀어 헤쳤다.

"솔직히 말해. 튀고 싶었지? 내가 업무 왕따시키니까 존재감 보이고 싶었지?"

"그럼 선배는 제 존재감 지우려고 업무에서 왕따시켰습니까?"

"뭐?"

"지금 TF팀이 조사 진행한 거 하나도 국회에 보고 안 됐어요. 이러면 우리가 모인 이유가 뭡니까."

"방금 내 말 못 들었어? 지휘부가 협상할 때까지 기다린다고."

"그건 제가 과장님께 들은 지시하곤 다릅니다. TF팀은 입법에 필요한 내용을 국회에 전달하기 위해 모인 거라 들었습니다."

"이게 진짜."

"그리고 제 역할은 TF팀 잡무가 아니라 면담 조사였습니다. 전 제 역할 충분히 다 한 것 같은데요."

놈이 업무에서 왕따시킨 것보다 저 태도가 더욱 마음에 안 들었다.

업계에선 곡소리가 터져 나오는데 끝까지 눈치 보기라니.

현장 얘기 들어 보고 다각적으로 검토해 규제안이 필요한지 따져봐야 할 것 아닌가? 국회 분위기도 이와 별반 다르지 않았으니 3년 동안 관련법이 계류되었을 것이다.

"하아- 어이가 없네."

놈은 이를 비웃듯 실소를 흘렸다.

"누가 보면 이 팀장이 의원인 줄 알겠어? 혹시 자기 때문에 우리 지휘부 완전 비상 걸린 건 알아?"

저건 무슨 말이지?

"표정 보니 뭔 사고 친지도 모르는구먼. 너 때문에 지금 국장급 인사들 비상 회의 들어갔어."

"그게 왜 저 때문……."

"네가 보고 체계 무시하고 바로 국회에 보냈잖아. 이래도 더 할 말 있어?"

"그만!"

그렇게 언성이 높아질 때, 한 사내가 사무실 문을 열고 들어왔다.

"두 사람 뭐 하는 짓들이야? 지금 공정위 안팎으로 시끄러운 거 몰라?"

"과, 과장님. 죄송합니다."

시장감시국 과장으로 이번 면담 조사의 최종 책임자였다.

그는 두 사람을 노려보더니 눈을 흘겼다.

"이준철 팀장?"

"……예."

"자네가 이번에 국회에 단독보고서 올렸지?"

"그렇습니다."

"보아하니 서로 얘기 안 된 것 같은데 왜 상의 안 하고 단독으로 올렸어?"

"죄송합니다…… 주요 사안이라 생각했습니다."

준철은 고개를 숙였다.

구 팀장의 질타는 그렇다 쳐도 과장님의 말을 가볍게 들어선 안 된다.

솔직히 찔리는 부분도 있었다. 구 팀장만 아니었으면 충분히 상의하고 보고 체계를 다 지킬 수도 있는 문제였으니.

"국장님이 보자 하신다."

하지만 뒤이어 나온 말은 예상 밖이었다.

"자네 보고서에 대해 설명을 듣고 싶어 하신다고. 구 팀장. 이 친구랑 함께 올라와."

과장은 그리 말하며 자리를 떠났다.

둘만 남게 되자 구현수의 눈빛이 이글이글 타올랐다.

네놈 때문에 국장님한테도 찍혔어, 놈의 얼굴은 분명 그리 말하고 있었다.

◎

국장실에 도착하니 얼마나 큰 사고를 쳤는지 실감이 났다.

"국장님. 두 사람 왔습니다."

국장, 과장, 실장 등 이번 사건의 지휘부들이 모두 한자리에 모여 있던 것이다.

"구현수 팀장?"

국장님의 시선이 닿자 구현수의 목소리가 가느다랗게 떨렸다.

"예, 국장님."

"자네가 이번에 스타트업 면담을 책임지고 있더군. 이 보고서를 입법처에 올린 것도 자넨가."

구현수는 눈을 질끈 감고 고개를 숙였다.

"수사 진행 중 착오가 있었습니다. 그건 이준철 팀장이 저와 상의 없이 올렸습니다."

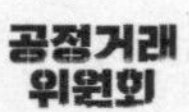

“그래? 그럼 자네는 그간 뭐 했어. 면담 조사 꽤 오래 한 것 같은데 왜 보고가 하나도 안 올라와.”

“그게 저…… 갈무리를 좀 하고 있었습니다.”

“갈무리?”

“인앱 수수료가 과한 건 사실이나, 고글이 앱 마켓 생태계를 조성한 공도 인정해야 할 것 같아서요. 이런 부분을 다각적으로 검토하고 있었습니다.”

구현수는 모범 답안임을 확신하며 자신 있게 말했다.

하지만 돌아오는 대답은 싸늘하기만 했다.

“윗선들 눈치 보느라 보고 안 올렸다. 이 소리 아닌가?”

“아, 아닙니다.”

“혹시 자네들 벌써부터 타협할 생각하고 있는 거 아니지. 고글에서 적당히 수수료 낮추면 이 수사 끝날 거라는.”

구 팀장은 사색이 됐다.

그게 정답 아니었나? 적당히 공포 분위기만 조성하는 게?

“당사자는 어떻게 생각해?”

국장의 눈은 바로 옆에 있는 준철에게 향했다.

“절충안은 없습니다. 고글과 합의해선 안 됩니다.”

굳어 있던 국장님 얼굴에 살짝 흥미가 감돌았다.

“왜 그렇게 생각하지?”

“장기적으로 봤을 때 고글은 자기들이 원하는 수수료 다 받아 낼 겁니다.”

"그래서 과거 사례 다 조사한 거야?"

"예. 이번에도 똑같습니다. 앱 마켓은 경쟁자가 출현할 수 없는 구조라 오히려 더 받아 낼 수도 있습니다. 아예 수수료를 못 받게 하거나 인정하거나 둘 중 하나죠."

당찬 대답에 국장은 새어 나오는 웃음을 참느라 애썼다.

현 공정위 상황을 가장 잘 알고 있지 않나?

내부에선 이미 가망 없는 조사라고 체념하고 있었다. 인앱 결제 금지법은 공상 과학 수준의 법안이라고 자조가 나왔다.

그래서 조사 부처가 얼마나 미적거리면서 조사를 진행하고 있는지도 알았다.

하지만 단 한 사람.

이 젊은 놈은 위원장님과 똑같은 말을 한다.

"그들이 물러나지 않을 거란 건 어떻게 확신하나?"

"늘 그래 왔으니까요. 고글은 수수료 강행하기 전에 늘 타협하는 척했습니다. 수수료 일정을 미루거나, 낮추는 식으로요. 하지만 늘 결과는 같았습니다."

장기적으론 항상 목표치를 이뤘다.

그게 바로 고글이 무서운 이유다.

준철이 조사한 자료엔 그 사례들이 전부 다 나와 있었다.

더러는 대학에서 학습권 침해라고 눈물에 호소한 적도 있었고, 더러는 스타트업 대표들의 생존권을 보장하라 한 적도 있었다.

하지만 단 한 번의 실패가 없었다. 그들은 항상 목표치를 이룬다.

"이준철 팀장."

"예."

"그래서 자네 방안은 뭐야? 보고서 보니 문제점만 나열되어 있던걸."

"먼저 고글을 소환해 보시죠. 그러면 저희가 가볍게 생각하지 않는다는 걸 알게 될 겁니다."

국장은 가볍게 한숨을 짓다 고개를 저었다.

다 좋은데 역시 젊은 놈의 한계가 드러나는 대목이다.

제임스 리는 국회 국정감사에도 출석 안 하는 놈인데, 부른다고 뭐가 달라지겠나.

"소환 조사에 응하지 않아도 됩니다. 그 자체로 충분한 경고는 될 테니."

"뭐야? 설마 위협용으로 부르자는 건가?"

"네."

"그게 실패하면? 그래도 고글이 인앱 수수료 부과하겠다고 버티면?"

"그럼 미국 설득해야죠. 글로벌 사례가 없다면 저희가 만들어야 합니다."

지휘부들이 술렁였다.

누구는 나쁜 걸 몰라서 안 하나.

이미 세계는 다 고글을 벼르고 있었다. 하지만 그 총대를 메는 게 현실적으로 불가능한 일이다.

미국의 눈총을 어떻게 견디겠는가.

"그리고 이들에게도 약점은 있습니다."

"약점?"

"네. 현재 앱 시장은 고글과 에풀이 독점하고 있습니다. 문제는 이 앱에서 발생하는 결제 시스템도 독점하고 있다는 겁니다."

"그게 다른가?"

"페이 시스템 독점을 풀라고 하면 됩니다. 그러면 놈들도 더는 말하지 못할 겁니다."

정확히 말해 고글이 독점하고 있는 건 앱 마켓이 아니었다. 앱 마켓에서 발생하는 페이 시스템을 독점하고 있는 것이다.

누구든 공짜로 다운받을 수 있지만 결재할 땐 반드시 고글 페이를 써야만 했다.

만약 이 페이 시스템을 독점하게 하지 못하면?

"이것만 열어 둔다면 고글의 30% 수수료 인정할 수 있죠."

당연히 인정할 수 있다. 페이 시스템은 진행할 수 있는 업체가 많으니 이 안에서 수수료 경쟁이 일어날 것이다.

또다시 예상할 수 없는 말이 나오자 지휘부가 술렁였다.

국장은 고심에 잠기더니 한 사내에게 물었다.

"심 과장. 만약 고글한테 페이 시스템만 독점 풀라고 하면, 어떻게 되지?"

"그럼…… 이 친구 말대로 수수료도 인정할 수 있죠. 가격 경쟁이 벌어질 수 있는 여지가 생겼으니."

"한데 고글이 응하지 않을 겁니다. 앱 마켓을 공짜로 뿌린 이유가 다 그 페이 시스템이니."

국장님의 눈빛이 변했다.

"그럼 그거 자체로 협상할 수 있다는 거야?"

국장님의 의중을 알아챈 이들은 끄덕였다.

"네. 고글이 페이 시스템 독점을 풀든가, 아님 아예 수수료를 부과하지 말든가 선택지가 생기죠."

"좋아. 그럼 그쪽 지사장 한번 소환해."

국장님의 눈빛이 완전히 달라졌다. 이건 분명 엄청난 카드가 될 거다.

그렇게 다들 바빠지며 자리에서 일어날 때 한 사람은 얼빠진 얼굴을 채 추스르지도 못하고 있었다.

질 끝판왕 사망

한명그룹
김성균 본부

타협안?

—다음 소식입니다. 고글이 인앱 수수료를 강행하자 독과점 논란이 계속되고 있습니다. 국회는 이례적으로 입법조사처에 조사를 요구했는데요. 현재 공정위, 중기부 등 각계 부처가 실태 조사에 나서고 있습니다.

이튿날 아침.

공정위가 먼저 포문을 열었다.

TF팀이 조사한 면담 자료를 언론에 흘리며 불을 지핀 것이다.

—다 죽으란 소리죠!

—저희 같은 스타트업들은 수수료 부과에 직격탄을 맞습니다. 폐업자

가 속출할 겁니다.

—솔직히 고글보다 더 원망스러운 건 국회의원들입니다. 관련법이 3년 동안 계류되었는데 그간 국회는 뭘 했습니까?

스타트업 대표들의 인터뷰는 여과 없이 보도를 탔다.

빅테크들은 만반의 준비를 다 끝냈는데, 국회는 대비책을 아무것도 세워 놓지 않았으니 원성이 하늘을 찌를 수밖에 없었다.

"개탄스럽게도 고글의 이런 행태는 한두 번이 아니었습니다. 과거 클라우드 유료화 때도 각 대학들이 부당하다 주장했죠. 하지만 결국 강행하지 않았습니까? 국회가 사안의 심각성을 인지했더라면 그때 이미 관련법이 통과됐어야 합니다."

이 행렬엔 법조계 석학들까지 가세했다.

그들은 전조 증상이 충분했는데도 손 놓고 있었던 국회를 줄곧 비난했다.

"하지만 일각에선 지나친 규제로 앱 시장의 위축 우려가 있다 말합니다만."

"그건 핑계죠."

"핑계요?"

"앱 마켓은 전 세계 IT 기업들이 벼르고 있는 시장입니다. 벽이 높다 뿐. 이런 시장이 위축될까요? 그냥 상대가 미국계 기업이라서 규제하기 어려운 겁니다."

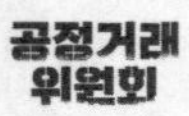

“하면 이번에도 인앱 결제 금지법 통과가 어려운 겁니까? 그런 현실적인 이유로.”

“많이 어렵죠. 사실 한국은 선진국들의 법안을 빨리 잘 따라가는 나라지 선제적으로 주도하는 나라는 아닙니다. 글로벌 사례가 없으니 규제안 만들기 어려울 겁니다.”

뉴스원에 초대된 서울대학교 로스쿨 교수는 코를 훔쳤다.

“하지만 그건 어디까지나 국회의 역량에 따라 달라집니다.”

“역량이라 함은……?”

“공정과 상식에 대한 소신이 있는가. 이걸 미국에 설득할 수 있는가.”

“관건은 결국 미국이란 말씀이시군요.”

“네. 어쩔 수 없는 일입니다. 그 책임을 계속 회피하면 결국 그 피해는 소비자에게 전가될 겁니다.”

인터뷰가 방영되자 뉴스원 게시판이 불타올랐다.

–없던 수수료 30%? 이야 이거 날강도 아니냐?

–업체 몇 곳은 이미 유료 결제 인상안 예고했던데.

사이버 인플레이션이란 말이 과장이 아니다.

인앱 수수료의 악영향은 이미 현실로 드러나고 있었다.

-그러면 배달 수수료도 오르나요?

-고글 플레이로 앱 다운받았으면 당연히 그쪽에도 수수료 부과되는 거.

-그건 아니지 않나? 이번에 문제 된 업종은 엔터테인먼트 쪽이라던데.

-아따 거참 —.— 수익 모델 확인됐는데 너 같음 그거 하나 먹고 말겠냐?

-ㅇㅇ 인앱 수수료도 처음엔 게임 업계에만 적용된 거. 이번에 확장 성공하면 당연히 업계 전체로 번짐.

모두가 직감하고 있었다.

이번 인상은 시작이지 끝이 아님을.

다른 경쟁자가 나타날 수 없는 구조니 이젠 아무도 그들을 막을 수 없음을.

-국회는 뭐 하냐? 독과점 사업인데 당연히 규제안 나왔어야 하는 거 아니냐?

-ㅋㅋㅋ ㅂㅅ들 무슨 규제가 다 되는 줄 아나. 고글 규제는 미국하고 전쟁하자는 건데, 저게 통과되겠냐?

하지만 반대 의견도 만만치 않았다.

-보나 마나 이러다 말 거. 고글이 이런 식으로 수수료 한두 번 올린 줄 아나.

—헛소리 ㄴㄴ 국회가 입법조사처 동원한 거 보면 이번엔 다르다.

—다르긴 개뿔. 그럼 한국이 미국한테 무역 전쟁하겠다고?

—ㄹㅇ 말이 안 돼. 여기서 징징댈 시간 있으면 빨랑 해외 주식 사라. 이미 고글 주식 산 서학 개미들 많다~

"확실해? 이거 진짜 공정위에서 뿌린 거야?"

"네. 거기 아니면 이렇게까지 언론 보도를 터트릴 곳이 없습니다."

언론 보도가 터진 지 나흘째.

제임스 리 지사장은 뜬눈으로 밤을 지새웠다.

"대학교수들 인터뷰까지 나간 거 보면 작정하고 여론 몰이 하는 겁니다."

"근데 우리한테 아직 연락 한 통이 없다?"

"……예."

비서는 입술을 깨물며 대답했다.

공정위의 속셈을 모르겠다. 뒤에서 언론 플레이하는 걸 빤히 다 아는데 아직까지 연락 한 통 없지 않은가.

긴 정적 끝에 비서가 입을 열었다.

"지사장님. 공정위는 우리가 먼저 얘기 꺼내길 기다리는 것 같습니다."

"협상안을 가져와라? 안 돼. 협상은 늘 먼저 제의한 쪽이 불리한 법이야."

"지금 저희는 그럴 여유가 없습니다. 수수료 낮출 테니 언론 보도 그만하라고……."

쾅-!

"그 얘긴 서로 진 빠질 때까지 싸우다 마지막에 꺼내야 해! 무턱대고 꺼내면 우리 패만 오픈하는 거야."

호통 소리에 비서의 말문이 막혔다.

지사장은 추호도 그 얘길 먼저 꺼낼 생각이 없었다.

시작가가 15%면 최종가는 더욱 낮아지게 되어 있다. 그건 본사도 자신도 전혀 원하는 결과가 아니다.

"일단은 잠자코 있어. 여론이 달아올라도 국회에선 규제안 절대 통과 못 시킬 테니까."

'절대'라는 말을 강조했지만 사실 그조차도 점점 확신이 무너지고 있었다.

최근 여의도 분위기가 심상치 않다. 언론에서 미국을 설득하네 마네 얘기가 떠돌고 있었으니.

아예 실체가 없는 얘기라면 소문으로 떠돌지도 않았을 터. 어쩌면 정말 국회가 움직일지도 모른단 의심이 들었다.

"하면 저희 입장 발표는."

"계속 버텨, 한마디도 하지 말고."

"알겠습니다. 그리 일러 두겠습니다."

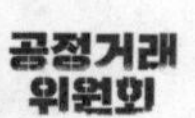

혼자 남게 된 지사장은 고심에 잠겼다.

여론은 완전히 기울었지만 크게 문제 될 건 없다. 한국 놈들 냄비근성은 한두 번 경험해 본 게 아니다.

대학들이 학습권을, 개발자들이 생존권을 들고 일어났을 때도 묵묵히 버텼던 그다.

이번에도 크게 다르지 않을 것이다.

"김 대표 올라오라고 해."

마음을 정리하고 기다릴 때, 김현석 대표가 문을 열고 들어왔다.

"김 대표님. 우리 허심탄회하게 얘기 좀 나눠 봅시다."

"말씀하세요."

"언론에서 저렇게 때려 대는데 왜 우리는 아군이 없는 겁니까."

"무슨 말씀인지."

"무분별한 규제는 시장 질서를 저해한다. 앱 서비스는 기업들의 희생으로 유지됐던 서비스지 공짜가 아니다. 왜 이런 말을 해 주는 아군이 없느냐는 겁니다."

음지에서 왜 언론 플레이를 하지 않았느냐고 질타하는 말이다.

"현 상황에서 그런 말을 해 줄 사람은 찾을 수 없습니다. 한다 해도 역풍만 불 겁니다."

"그래서 계속 손 놓고 계실 겁니까."

"……티 나지 않게 부탁해 보겠습니다."

김 대표는 고개를 살짝 숙이곤 물었다.

"하면 저도 한 가지 물어봐도 됩니까."

"뭐든요."

"본사의 의지는 정말 굳어진 겁니까?"

"말하지 않았어요. 이번에 수수료 부과 못 하면 임원들 줄 사표 받을 거라고."

"그렇다면 다시 설득해 주십쇼. 여론 반응이 너무 좋지 않습니다."

김 대표는 그리 말하며 사표를 제출했다.

자신이 옷 벗더라도 안 된다는 뜻이다.

지사장은 그 모습을 물끄러미 보다 물었다.

"다 끝난 얘기를 계속해서 꺼내는 이유가 뭐지?"

"애초에 불가능한 싸움이니까요. 지금 사태는 클라우드 유료화 때랑 다릅니다. 전 국민을 적으로 돌릴 순 없어요."

쾅-!

"파급력이 더 크니까 더 성공시켜야 할 거 아니야! 당신 말대로 인앱은 열 배, 아니 스무 배도 더 남는 수수료야. 잠재력은 더 엄청나다고. 근데 이걸 가만둬?"

참으로 한심한 대표 놈이다.

잠깐의 고난만 이겨 내면 수백억의 이익이 확실해지는 일 아닌가.

아무리 욕받이로 앉혀 놓은 대표라지만 이 정도로 무책임할 줄은 몰랐다.

"다 필요 없으니 이젠 내가 시키는 대로만 해요."

지사장은 사표를 찢어 버리곤 서류를 건넸다.

이 욕받이를 마지막까지 써먹어야겠다.

"이번 주 안으로 공정위 관계자 좀 만나고 와요. 우리가 앱마켓 유지하는 비용과 희생도 어필해야지."

"지사장님. 그들도 바보는 아닙니다. 고작 그런 얘기로는 절 만나 주지도 않을 겁니다."

"처음엔 완강하게 나가다가 슬쩍 그 얘기 꺼내란 말이오! 수수료 절반으로 인하해 줄 테니 더 이상 관여하지 말라고."

"……."

"또 괜히 미련하게 수수료 인하부터 얘기하지 마요. 더 챙겨 받을 수 있으면 우리도 더 챙겨 받을 거니까."

15%도 가장 낮게 예상하는 인하분이다.

더 받아 낼 수 있으면 받아야지.

"……알겠습니다."

김 대표는 무거운 마음으로 자리에서 일어났다.

고글에서 대표는 권한은 없고 책임만 있는 자리다. 본사 실세들을 방어하는 자리. 수사나 소환받으면 대신 출석해야 하는 자리.

지사장의 지시는 이번 일까지 해결하고 옷 벗으란 의미로 들렸다.

준철은 왜 고글이 국회에서 악명이 자자한지 이유를 알 수 있었다.

"처음 뵙겠습니다. 고글의 김현석 대표입니다."

참으로 대단한 놈들이다.

실세가 누군지 빤히 아는데 바지사장을 보냈다. 여론의 질타가 별 타격 없단 뜻일까?

"TF팀장 이준철이라고 합니다. 한데 어인 일로?"

"다름 아니라 저희 입장을 꼭 설명드리고 싶어서요. 혹시 지휘부를 만나 뵐 수 있습니까?"

"글쎄요. 불필요한 접촉은 알아서 막으라고 지시가 내려왔습니다. 저한테 말씀하시죠."

준철이 단칼에 거절하자 그의 얼굴이 굳어졌다.

어찌 됐건 자신도 고글의 대표 아닌가. TF팀 말단 같아 보이는 놈을 상대하는 게 내키지 않았다.

"하면 잘 전달해 주십쇼."

그는 목소리를 가다듬고 말을 이었다.

"아시다시피 현재 업계가 많이 뒤숭숭합니다."

"네."

"타 기업들의 애로 사항을 모르는 건 아니나 저희도 저희의 사정이 있죠. 앱 마켓을 조성하기 위해 그간 저희는 많은 서버 개발비와 인력을 투자해 왔습니다."

꽤 준비를 많이 해 왔나 보다.

서류가 저리 묵직한 걸 보면.

"그 결과 소비자들은 편리한 앱 서비스를 이용할 수 있었습니다. 소비자의 편익이 늘었는데 독점 시장이라고 질타하는 건 어불성설이지요. 당국에서 무분별한 규제를 앞세우면 이는 곧 서비스 질 저하로 이어질 겁니다."

준철이 고개를 끄덕이자 그가 힘주어 강조했다.

"이런 점을 감안해 당국에서 최대한 시장을 존중했으면 하는 바람입니다. 어느 한쪽의 무조건적인 희생을 강요하지 말아 주십쇼. 타협할 게 있다면 저희가 그들과 직접 하겠습니다."

준철은 이 기름진 말이 무얼 의미하는지 대충 알아들었다.

협상하고 싶다, 근데 너희들은 힘이 좀 세 보이니 만만한 그놈들하고.

"말씀 잘 들었습니다. 저희도 이 사태가 오래 지속되는 걸 바라지 않습니다. 현 인앱 결제로 인해 업계에 혼란이 막심합니다. 당연히 건설적인 논의가 필요한 시점이죠."

준철은 그 서류를 받아 들고 말을 이었다.

"근데 왜 와야 할 분이 안 오고, 엄한 분이 오셨습니까?"

그의 얼굴이 찍 갈라져 버렸다.

와야 할 사람이 아니고 엄한 놈이 와?

"제가 고글코리아의 대표입니다만?"

"의미 없는 얘기 계속하실 겁니까."

"의미 없는 얘기? 그건 무슨 말이요."

"국회가 부르면 국감에 대신 가는 사람, 문제 생길 때마다 사과 성명 내는 사람 말고. 왜 제임스 리 지사장 안 왔느냔 말입니다."

껍데기만 사장인 게 무슨 대표라고.

고글이 욕먹을 때만 등장해 실세들 대신 비난을 듣는 사람 아닌가?

정체불명의 대화로 이자가 얼마나 발언권이 없는지도 알고 있었다.

"지금 날 모욕하는 거요?"

아픈 곳을 찌르니 바로 반응이 왔다.

"그 얘긴 제가 물어야죠. 고글은 왜 자꾸 공정위를 모욕합니까."

"뭐요?"

"건설적인 논의를 하자기에 최소한 지사장이 올 줄 알았습니다. 공정위 내부에서도 고글의 역할론 얘기가 많아요. 그럼 서로 줄 건 주고 받을 건 받고 일 마무리 지어야 할 거 아니요."

김현석 대표는 그제야 깨달았다.

명색이 대표가 왔는데 왜 팀장급을 내보내나 했더니 일부러 의전을 낮춘 거였다.

자신의 지위는 공정위 팀장급에 지나지 않는 것이다.

"그리고 협상하러 오셨으면 당연히 타협안도 함께 말씀하셔야지, 왜 자꾸 사람 떠봅니까. 혹시 우리가 먼저 타협안 꺼내길 기다립니까?"

더 이상의 신경전은 의미가 없었다.

김 대표는 무너진 얼굴을 추스르며 한 서류를 꺼냈다.

"……수수료 인하하겠습니다. 기존 30% 부과 방침을 15%로 낮추죠. 이 정도면 충분히 상생할 수 있는 조건이라 봅니다만."

"조건보단 기간이 더 궁금하군요. 이건 언제까지 유효한 겁니까."

"무슨 말입니까?"

"지금은 급하니 양보하는 척하다 나중에 다시 목표치로 인상할 거 아닙니까."

"함부로 수수료 올리지 않을 겁니다. 그건 걱정 마십쇼."

또다시 아픈 곳을 꼬집자 그가 발끈했다.

그 소리를 믿으라는 건가? 정체불명의 대화로 다 들어 본 얘긴데.

"그럼 저희 쪽 서류도 한번 보시겠어요?"

준철의 자료를 확인한 그는 시시각각 얼굴이 굳어졌다.

"지금까지의 사례를 보면 제 말이 맞을 것 같거든요."

"……."

"고글은 반발이 심하면 유료화 시기 연장하고, 수수료 좀 낮춰 주고. 그러다 결국 다 목표치대로 인상하지 않았습니까."

"이, 이번엔 다릅니다."

"저희도 이번엔 다릅니다. 그간 고글의 꼼수를 인정한 건 순기능을 인정해서였지, 독과점을 묵인해서 그런 게 아닙니다."

"대체 저희한테 원하는 게 뭡니까?"

"처음 고글이 발표한 수수료 30%. 그거 깎지 말고 그대로 부과하세요."

예상치 못한 대답에 그가 눈만 끔뻑였다.

"대신 페이 독점 푸세요."

"뭐, 뭐요?"

"앱 마켓 조성한 공로를 인정해 드리겠다는 겁니다. 단, 지금 고글에서 앱 다운받으면 결제할 때마다 수수료 부과하잖아요. 그걸 고글페이 말고 다른 전자결제 시스템도 가능하게끔 독점 푸세요."

김현석의 목소리가 대번에 높아졌다.

"그게 말이나 될 소립니까?"

"뭐가 말이 안 됩니까."

"그 페이 시스템을 어떻게 바꿔요. 우리가 앱 시장을 조성한 이유가 뭔데."

이런 반응이 나오는 게 당연했다.

현재 앱 시장은 고글 플레이에서 다운받으면 오직 고글페이로 결제하고.

앱스토어에서 다운받으면 에풀페이로만 결제해야 했기 때문이다.

다른 결제 시스템을 허용하면 앱 마켓을 독점한 이유가 없어진다.

"그 보세요. 결국 독과점 지위 이용하겠다는 거 아닙니까."

"이제 보니 공정위 속셈을 알겠구먼. 애초에 우리랑 협상할 생각도 없었죠? 그러니 일부러 무리한 요구를 해 대는 게 아니요."

무리한 요구라…….

준철은 씁쓸하게 입맛을 다셨다.

"그걸 무리한 요구라 생각하면 이 대화의 합의점은 없습니다."

"좋소. 마음대로 하쇼."

그는 신경질적으로 서류를 가방에 챙겼다.

"그리고 이 말까진 안 하려 했는데, 우리라곤 공정위 사정을 모를 것 같소?"

"무슨 말씀이죠?"

"어차피 법안 통과 안 될 거라는 거 모르는 사람이 없소. 우리 뒤에 누가 있는데. 당신들이 과연 미국을 등지면서 이 법안을 통과시킬까? 나중엔 우리도 언플할 겁니다. 내부에서 진정성 있는 절충안을 제시했음에도 공정위가 걷어찼다고. 뒷감당 톡톡히 하셔야 할 게요."

그가 문을 탕- 닫고 나가자 괜히 부끄러워졌다.

정체불명의 대화로 그를 내부 온건파라 생각하고 있었다. 그래서 오늘의 대화도 조금 의미가 있을 줄 알았다.

'월급쟁이가 다 거기서 거기지.'

하지만 역시 적은 적이고, 아군이 될 수 없다는 건가.

그도 결국 고글맨이라는 걸 지독히 실감했다.

◎

김현석 대표와 나눈 얘기는 국장님을 거치고, 위원장님을 또 거쳐 여의도의 한 다선 의원에게 전달되었다.

"고놈들 싹수없는 건 여전하구먼. 이번에도 허수아비를 보냈어?"

연로한 사내는 터럭 웃음을 지었다.

"위원장이 이해 좀 하시게. 원래 거기 지사장 놈 엉덩이가 무거워. 오죽하면 우리 국회에서 불렀는데도 대리 출석을 시키지 않나."

얼굴은 웃고 있었지만 그때 생각만 하면 아직도 이가 갈린다. 아무리 국회의원이 욕을 많이 먹어도 국민을 대표하는

사람들 아닌가.

국감 대리 출석 사건은 완전히 한국을 무시하는 처사였다. 이건 국회가 아닌 국민을 우습게 보고 있단 뜻이기도 했다.

"신경 쓰지 마십쇼. 저희도 그 정도는 예상하고 있었습니다."

위원장이 가볍게 고개를 숙이자 그가 다시 물었다.

"그래도 그쪽에서 수수료 낮추겠다고 한 걸 보면 서로 타협해 볼 만한 것 같네."

"아닙니다, 의원님. 진정성이 전혀 없습니다."

"진정성?"

"고글은 늘 이런 식으로 한발 양보하다가 결국엔 목표치 수수료를 다 부과했습니다. 이번에도 크게 다르지 않을 겁니다."

다선 의원은 짧게 한숨을 내쉬었다.

사실 이쯤에서 타협하고 싶은데, 공정위는 진짜 법안을 통과시킬 생각 같다.

"근데 사안이 많이 어렵구먼. 내가 이런 쪽엔 문외한인데, 독점 풀라고 한 얘긴 뭐야?"

"지금 앱 시장은 오픈자가 페이까지 독점하고 있습니다."

"페이 독점?"

"한마디로 고글에서 앱을 다운받으면, 그 다운받은 앱에서 결제가 이뤄질 때마다 수수료를 떼 가는 방식이죠. 앱스토어에선 에풀에 가는 거고."

세간의 말대로 수수료가 아니라 세금이다.

한 번 앱을 다운받으면 평생 결제 수수료를 내야 한다.

“그 벽을 허물면 뭐가 달라지는데?”

“결제 시스템만 다원화시키면 여러 경쟁 업체가 등장할 수 있습니다. 그럼 자연스럽게 수수료 경쟁이 이뤄질 겁니다.”

“그럼 그놈들한텐 치명적이겠구먼. 수수료를 깎는 것보다 경쟁자가 아예 없는 게 더 좋을 테니.”

상황 설명이 끝나자 공정위원장이 조심스레 물었다.

“의원님. 혹시 여의도 반응은 어떻습니까?”

“우리야 당연히 민심 따라갈 수밖에. 정쟁이 붙을 만한 사안도 아니고 여야 의견에 별 차이는 없네. 다만…….”

“문제는 미국이군요.”

자국 기업 규제하겠다는데 가만있을 놈들이 아니다.

“그것뿐 아니라 유례가 없는 법안이라는 것도 그래. 유럽 같은 데서 먼저 시행했으면 추세라고 둘러대도 그만인데, 이 법안은 우리가 처음이니.”

지금 가장 난감한 건 국회였다.

통과시키자니 미국의 반응이 우려스럽고, 부결시키자니 국민들의 원성이 두렵다.

갈피를 못 잡는 다선 의원을 보며 위원장은 초조하게 침을 삼켰다.

국회는 아마 지금 상황에서 끝내고 싶을 것이다. 고글이 수수료를 낮춰 줬으니 국민들에게 생색도 낼 수 있다.

만약 나중 고글이 수수료를 올려도 지금 국회에는 문제가 되지 않는다. 그때 가서 못 막은 놈들의 잘못이 되는 거니까.

이번에 규제안을 통과시키지 못하면 영원히 끝일 것만 같았다.

“하면 저희가 미국 설득하면 통과시켜 주시겠습니까?”

“무슨 방법이 있나?”

“그쪽 연방거래위원장을 만나 보겠습니다.”

“라니에 칸?”

“예. 그 사람도 빅테크 강력 규제론자입니다. 만나서 저희 입장을 잘 설득해 보겠습니다.”

다선 의원은 고개를 저었다.

“아무리 그런다 해도 결국 미국 사람이야. 자국 기업에 해가 되는 법안인데 이걸 협조하겠어?”

“한 가지 확실한 건 그녀만 한 규제론자가 없다는 겁니다.”

그나마 강력한 규제론자인 그녀가 있을 때 얘기를 마무리 지어야 한다.

“만약 설득 못 하면 저희도 미련을 접겠습니다.”

다선 의원은 한동안 뜸 들이더니 말을 이었다.

“그럼 한번 해 봐. 대신에 미국에 법안 협조 못 구하면 이쯤 타협함세.”

◎

미국행이 결정되자 가장 바빠진 건 시장감시국장이었다.

현재 TF팀을 이끄는 총책임자 아닌가. 한국 IT 스타트업들의 운명이 그의 어깨에 걸려 있다 해도 과언이 아니었다.

"과장들 모두 들어오라 그래."

윗선에서 있었던 얘기를 전달하자 다들 분기탱천했다.

"절호의 기회 같습니다."

"라니에 칸은 그래도 규제론자 아닙니까."

어쩌면 신이 주신 마지막 기회일지 모른다.

자국 기업이라면 물불 안 가리는 미국을 상대해야 하는데, 마침 그들의 공정위원장이 빅테크 강력 규제론자였으니.

"내가 직접 갈 거야. 수행원 두어 명만 붙여서."

그런 만큼 국장님의 의지도 남달랐다.

"1팀. 과거 고글이 유료화 단행했던 자료들 있지?"

"그…… 이준철 팀장이 보고한 자료 말씀이십니까?"

"그래. 쓰기 좋아 보이던데 전부 번역해서 보고서로 준비해."

"알겠습니다."

"그리고 우리 스타트업들 면담 자료는 어디에 있지?"

"그건 저희 2팀에 있습니다. 그것도 이준철 팀장 자료입니다."

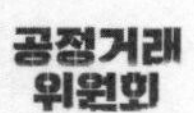

"수수료 단행되면 바로 폐업할 수밖에 없는 기업 위주로 추슬러 봐. 그 면담 자료도 번역한다."

그녀를 만나면 반드시 설득할 것이다.

혁신의 상징이었던 고글이 이제는 혁신의 장애가 되고 있다고.

당국이 나서지 않으면 그 피해는 고스란히 소비자에 전가될 것이라고.

과장들이 모두 물러가자 한 사내만 남았다.

"국장님. 수행원은 어떻게……."

"영어 회화 가능하고, 업무 이해도 높은 사람 없나?"

"영어라면 김성일 과장 대동하시지요. 유학파 출신에 경험도 많습니다."

"그래, 그럼 김 과장한테 빨리 전해. 출국 날짜가 3일 뒤니까 서둘러야 할 거야."

"알겠습니다. 그럼 다른 수행원은……?"

나머지 한 사람을 놓고 국장이 잠시 고민에 잠겼다.

"그 이준철 팀장이란 놈한테 말해 봐."

"예? 이 팀장이요?"

놀랄 노 자다. 이런 중요한 자리에 어떻게 팀장급을 데려간단 말인가.

"지금 번역해서 보낼 자료 다 그놈이 올린 보고서 아니야?"

"그건 그렇습니다만……."

"당사자만큼 이해도 높은 놈 없지. 얼른 준비하라 그래. 우리도 시간 빠듯하다."

질 끝판왕 사망
한명그룹
김성균 본부
워싱턴DC, 낭만의 도시

워싱턴D.C. 낭만의 도시.

……를 이렇게 오게 될 줄이야.

덜레스 공항에 도착한 세 사람은 저녁을 샌드위치로 때우고 숙소에 도착했다.

5성급 호텔에 발렛 파킹 같은 건 바라지도 않았다. 하지만 모텔 수준의 방에서 세 사람이 함께 묵어야 할 줄이야.

"김 과장. 번역 작업 다 끝났나?"

"예. 출국 전에 자료도 다 보내 놨습니다. 확인했다는 답신도 받았고요."

"미팅 일정은?"

"내일 연방위 국장과 미팅이 있습니다. 칸 위원장은 일정

문제로 아직 확답을 주지 않았습니다."

국장님의 얼굴이 초조해졌다.

가장 중요한 사람과의 미팅 일정을 잡지 못했으니.

"만나 주기는 한다는 거야?"

"잘 모르겠습니다. 워낙 저희가 급하게 요청한 스케줄이니…… 그래도 보낸 자료는 다 칸 위원장에게 보고된 것 같습니다."

"그럼 내일 만나는 국장이 칸 위원장 뜻을 전달하겠네?"

"그럴 가능성이 큽니다."

과연 그녀의 대답은 뭘까.

빅테크 횡포에 대한 규제? 아니면 자국 기업 보호?

그녀의 성향은 후자겠지만 대답은 확신할 수 없다. 내일 만나는 사람은 학자가 아닌 위원장으로서의 칸이다.

"짐부터 풀자. 빵에다 풀떼기만 먹어서 헛배 부르지? 라면 가져왔으니까 먹어."

국장은 그리 말하며 준철을 따로 불러냈다.

"얼굴이 왜 이렇게 해쓱해. 긴장한 거야?"

"아닙니다. 비행기 멀미를 좀 했습니다."

"허우대 멀쩡한 놈이 무슨. 늙은이도 안 하는 멀미를 하고 있어?"

껄껄 웃었지만 목소리에선 긴장한 기색이 역력했다.

"팀장급인 자네를 왜 데려온 건지는 알지?"

"예."

"우리가 보낸 자료 다 자네가 올린 보고서야. 설명이 필요한 부분 있으면 자네가 직접 나서 줘야 돼. 통역은 김 과장이 알아서 할 거고."

"최선을 다하겠습니다."

그래도 매를 한 번 맞아 본 게 다행이다.

일전에 발표해 본 경험이 있어서 크게 떨리지는 않았다. 그녀가 자신을 좋게 평가해 줬다는 것도 한몫했다.

물론 지금 하는 발표는 차원이 다른 얘기겠지만.

"혹시 더 궁금한 거 있나?"

준철은 눈치를 살피다 운을 뗐다.

"만약 저희가 칸 위원장을 못 만나게 되면……."

"무산된다고 봐야지. 만나 주지 않는 것 자체가 거절의 의미일 테니."

"국회에서 단독으로 통과시킬 순 없습니까. 업계 상황과 인앱 수수료 부작용은 이미 다 파악했는데요."

"미국 심기 거스르면 그 대가는 더 커. 국회는 지금도 이쯤에서 합의하길 바라고 있네."

주먹에 힘이 들어갔다.

이번에 인앱 수수료를 막지 못하면 놈들은 수익 모델을 확장시킬 것이다. 머지않아 곧 수수료를 올릴 것이다.

한두 번 당해 본 패턴이 아닌데 또 당하겠다는 건가?

"아무튼 여기까지 하지. 내일 연방위 국장과 면담이 있으니까 서둘러 눈 붙이라고."

혼자 남게 된 준철은 분한 마음을 삭였다.

반도체 선두 주자, IT 강국이란 말이 무색해지는 밤이었다.

미팅은 첫날부터 잘 풀리지 않았다.

참석하기로 한 국장이 무려 세 차례나 시간을 미뤘기 때문이다. 비서가 날짜를 내일로 미뤄 주겠다고 제안해 왔지만 국장님은 단호히 고개를 저었다.

"저희는 시간 많습니다. 천천히 와 주십쇼."

세 사람은 기약도 없이 접견실에서 기다렸다. FTC 직원들이 오며 가며 따가운 눈총을 쏘아 댔지만 물러설 수가 없었다.

한국 스타트업과 IT 기업들의 운명이 자신들 어깨에 달려 있었으니.

"죄송합니다, 국장님께서 또 시간을 미루셨네요. 오늘은 돌아가셔야 할 것 같습니다."

그러나 장장 6시간을 기다린 미팅은 불발로 끝났다.

"날짜를 다시 잡아야 할 것 같은데……."

"가장 빠른 날짜가 언제인지요."

"17일 오후 1시가 되겠네요."

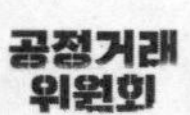

"저희가 18일에 출국입니다. 그 전에 국장님과 위원장님을 꼭 뵈어야 하는데, 앞당겨 주실 수 없습니까."

"죄송합니다만 이게 가장 빠른 스케줄입니다."

국장님은 무너진 얼굴을 수습하고 말했다.

"그럼 17일로 잡아 주십쇼. 1시간 일찍 오겠습니다."

젠장할.

힘이 쫙 빠지는 기분이다.

출국 하루 전에 국장을 본다는 건 위원장을 못 본다는 뜻이니까.

"국장님. TF팀에 연락해서 출국 일정을 늦추시죠. 1년을 기다려서라도 만나야 합니다."

김성일 과장의 말에 국장님은 고개를 저었다.

"진짜로 만나 줄 마음이 있었다면 있던 스케줄도 빼 줬겠지."

"하지만……."

"됐어. 그 작자 만나서 우리 입장 최대한 설명해 보자. 어차피 위에 다 전달될 거야."

◎

뜬눈으로 밤을 지새운 채 사흘이 지났고 결국 미팅 날짜가 다가왔다.

다시 방문한 FTC엔 오매불망 기다리던 국장이 자리를 지키고 있었다.

"실례가 많았습니다. 일전엔 스케줄이 꼬이는 바람에."

"별말씀을요. 이렇게 어려운 시간 내주시어 감사드립니다."

국장님은 조금의 섭섭함도 드러내지 않고 활짝 웃었다.

"보내 주신 자료는 다 검토해 봤습니다. 현재 규제안을 논의 중이라고요."

"그렇습니다."

"한데 이건 우리 쪽에 보낼 서류가 아니더군요. 법은 어차피 국회가 만드는 것 아닙니까? 이건 한국 국회랑 미국 의사당이 조율해야 할 것 같습니다."

"당연히 그렇습니다만 서로 오해가 생길 수도 있는 부분이니까요. 우린 이 법안의 당위성을 설명드리고 싶습니다."

베이크 국장은 고개를 저었다.

"이러면 우리도 난감해집니다. 사실상 같은 업계 사람으로서 지지를 해 달라는 것 아니요."

"꼭 필요한 법안이니까요."

"그건 저희가 판단할 문제가 아닙니다. 사실 이 문제는 너무나 복잡한 이해관계가 얽혀 있어요."

"그럼 저희가 이 문제를 위원장님과 논의드리고 싶습니다."

"이미 보고드렸습니다만 내 대답이 그 대답이요."

"직접 대답을 들어 보고 싶습니다. 시간을 한 번만……."

똑똑.

그때 문 바깥에서 노크 소리가 들렸다.

"위, 위원장님."

"한국에서 손님이 오셨다고 들었는데, 여기 계신 모양이군요."

하늘에서 천사가 내려온 것 같았다.

라니에 칸 위원장이 직접 사무실로 들어온 것이다.

"여긴 어쩐 일로……."

"꽤 재밌는 법안이 발의됐다기에 구경 왔어요. 내가 참석해도 되나?"

베이크 국장은 떨떠름한 시선으로 자리를 안내했다.

"여기 앉으세요."

"아니, 나만 참석해도 되나요?"

"예?"

"베이크 국장님께선 나가 있어 주세요. 이 문제는 제가 이 분들과 상의해 보겠습니다."

"이건 충분히 제가 해결할 수 있는 문제입니다만."

"서신이 나한테 왔는데 그렇게 끝내면 외교적 결례지. 걱정 말고 나가 주세요. 내가 해결하겠습니다."

베이크 국장은 사나운 눈초리로 그녀를 쏘아 댔다. 경고

메시지를 보내는 것 같았다.

하지만 그녀는 뜻을 굽히지 않았고, 결국 그가 짧은 한숨을 내쉬며 자리를 비웠다.

벼랑 끝에서 동아줄 하나를 잡은 기분이었지만 삼인방은 긴장을 늦출 수 없었다.

"먼저 말씀드립니다. 나는 오늘 학자가 아닌 위원장으로서 앉아 있는 겁니다."

그녀가 선전포고하듯 운을 뗐기 때문이다.

긴장한 얼굴로 분위기를 살피자 그녀가 한참 만에 입을 열었다.

"주신 보고서는 다 읽어 봤어요. 나는 딱 하나만 묻고 싶군요."

"말씀하십쇼."

"이 법안, 인앱 결제 금지법을 꼭 통과시켜야 할 이유가 뭡니까."

국장은 잠시 침묵하다 준철에게 눈을 돌렸다.

현장에 직접 나가 본, 그리고 이 보고서를 완성한 당사자가 직접 설명하란 뜻이다.

"혁신의 아이콘이었던 고글이, 이젠 혁신의 가장 큰 장애물이 되어 가고 있습니다."

김 과장을 통해 통역되자 그녀의 눈빛이 변했다.

"장애물?"

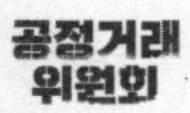

"해당 수수료로 가장 큰 피해를 입는 건 스타트업들이죠. 그들은 모두 자금 사정이 여의치 않은 신생 기업들입니다. 없던 30%의 수수료가 부과되면 폐업이 속출할 겁니다."

"그래서 고글이 타협안을 제시하지 않았나요."

"그들은 늘 장기적인 계획을 세우고 목표치를 이뤄 왔습니다. 잠잠해지면 곧 인상되겠죠."

그에 대해선 긴 설명이 필요치 않았다. 그녀는 십수 년간 고글과 에이마존을 연구했던 박사였으니.

"그럼 진정성이 확인되면?"

"얼마든 인정하겠습니다. 단, 성의를 보여 줘야 합니다."

"성의?"

"현재 통용되는 결제 독점을 풀고 다른 전자 결제도 인정하면 됩니다. 그럼 수수료 30%도 문제 삼지 않을 겁니다. 이 얘긴 고글에도 전달했습니다."

그녀가 작은 웃음을 지었다.

결제 시스템 독점을 풀어라? 이건 한국 공정위가 거절할 수밖에 없는 제안을 한 거다. 그러면 고글 입장에선 앱 마켓을 장악한 이유가 없어지니.

그녀는 다시 서류를 검토하다 말을 이었다.

"사실 좀 의외였습니다. 이런 건 독점이라면 학을 떼는 EU에서도 아직 나오지 않은 법안인데 한국에서 처음 발의하다니."

세 사람은 초조한 얼굴로 그녀의 말에 집중했다.

"좀 반갑기도 했고요. 학자로서의 칸은 이 법안에 열렬히 환영했을 테니까."

그녀는 미국에서 가장 급진적으로 꼽히는 빅테크 규제론자다.

법안 자체는 개인의 소신과 다르지 않다.

처음으로 호의적인 말이 나오자 세 사람의 얼굴도 변했다.

"무엇보다 인상적이네요. 혁신의 아이콘이 이젠 혁신의 사냥꾼이 되었다는 말."

"네. 한국의 신생 IT들은 거의 초토화가 되었습니다. 곧 글로벌 사회에서도 같은 문제가 제기될 겁니다."

"하면 저희가 뭘 도와드리면 되죠?"

"없습니다. 저희는 이 문제가 외교적으로 비화되지만 않으면 됩니다."

미국 전문 기관의 암묵적인 지지.

바라는 건 그거 하나다.

"가만히만 있으면 된다? 좋네요, 그럼. 호호. 나도 이 실험적인 법안이 과연 성공할지 못 할지 지켜보겠습니다."

그녀의 말이 다 통역되기도 전에 국장님이 벌떡 일어났다.

"정말이십니까?"

그녀는 푸근한 눈웃음을 지었다.

"물론이죠."

"가, 감사합니다."

"감사는 무슨. 오히려 내가 미안해요. 일전에 베이크 국장과 약속 잡았는데 못 만났었죠?"

"아, 예."

"사실 그때 저와 베이크 국장이 열렬한 논쟁을 펼치고 있었거든요. 나랑 논쟁이 너무 길어져서 여러분들을 바람맞히게 됐네요."

"아…… 그런 사정이 있었군요."

"방금 봤겠지만 나와 그는 아직도 의견 차가 큽니다. 그뿐 아니라 많은 사람들이 국익을 선택하라 했죠. 근데 어쩌겠어요? 나는 태생적으로 빅테크 강력 규제론잔데. 호호."

그 얘길 저렇게 농담조로 할 수 있을까?

보수적인 것으로 악명 높은 미 법조계를 논문 한 편으로 뒤집어 놓은 사람이다. 그 이력으로 최연소 위원장에까지 오른 인물이다.

주류 세력들에게 환영받지 못하는 건 당연하다.

"감사합니다. 위원장님. 이건 장기적으로 봤을 때 분명 미국에도 도움이 될 겁니다."

"물론이죠. 기대하며 지켜보겠습니다."

그녀는 국장님과 악수를 나누다 준철에게 눈길을 돌렸다.

"근데 미스터 리는 왜 이렇게 낯이 익을까. 혹시 우리 구면인가요?"

“위원장님…… 협조 얻어 냈습니다.”

숙소로 돌아오는 길.

국장은 이 소식을 바로 한국에 전달했다.

—진짜야?

전화기 너머로 흥분한 목소리가 들렸다.

한국 시간으론 새벽일 텐데 밤을 지새운 게 분명하다.

—더 자세히 말해 봐. 어떻게 된 거야?

국장은 한참이나 전화기를 붙잡고 그간의 일을 모두 보고했다.

베이크 국장이 약속을 파투 낸 일, 그와 칸 위원장의 신경전, 그리고 막판 타결. 한 편의 드라마 같았던 일정이다.

—다행이구먼. 진짜로 다행이야.

“네. 진짜로 하늘이 도왔습니다. 현재 여의도 분위기는 어떻습니까?”

—투표 통과되면 끝일세. 발의는 다 끝났어.

여론 동향을 봤을 때 국회도 인준 도장을 얼른 찍을 것이다.

“그래도 국회가 도와줘서 참 다행입니다.”

—다행은 개뿔. 밥값도 못 하는 버러지들이야.

“예?”

—협상 잘 안 풀릴 것 같으니 하루가 멀다 하고 전화해 대지 않나. 그냥 15% 수수료로 합의하라고. 내가 버텼으니 망정이지 아니었으면 그냥 합의해 버렸을 놈들이야.

위원장은 국회에 똥물을 끼얹고 싶었다.

법안 협조가 잘 이뤄질 것 같지 않자, 고글과 합의하라고 종용했기 때문이다.

하지만 조삼모사 아닌가.

고글은 당연히 이 수익 모델을 확대시킬 것이다. 법안으로 막아 놓지 않으면 추후에도 스타트업들이 계속 시달릴 게 빤하다.

—살다 살다 세비가 이렇게 아까운 적은 처음이다. 아마 이거 통과시키면 또 갖은 생색은 다 낼걸.

3년 동안 계류시켰단 사실은 쏙 빼고 대대적으로 생색을 내겠지.

—말을 말자. 그놈들 욕하려면 하루론 부족하다. 나도 금배지들 씹어 댈 처지는 아니지. 자네가 고생 제일 많았어. 이거 설득하는 거 쉽지 않았을 텐데.

"고생은 무슨요. 저도 사실상 뒷짐 지고 서 있었습니다."

—뭐?

"FTC에 넘긴 자료, 그리고 연방거래위원장을 설득한 일. 모두 우리 말단이 처리했거든요."

—그건 또 무슨 말이야?

"이 얘기 다 드리려면 저도 시간 부족할 것 같습니다. 한국 가서 보고드리죠."

보고를 마치니 가셨던 흥분이 다시 찾아왔다.

인앱 결제 금지법.

칸 위원장 말대로 세계에서 유례가 없는 법안이다. 고글이 수익 모델을 확장했듯 규제안도 점점 확장해 나갈 것이다. 빅테크들은 이미 글로벌 경제에서 공공의 적이다.

그때마다 한국에서 첫 시행된 이 법이 기준점이 될 것이다.

새삼 자부심이 느껴졌다.

'그나저나 그놈은…….'

홍 국장은 준철을 떠올리며 웃음을 지었다.

이제 막 부임한 행시 출신 사무관이라고 했나?

단독보고서를 올릴 때부터 놈이 얼마나 독특한 놈인지 알고 있었다. 근데 왜 잊고 있었을까. 칸 위원장 앞에서 빅테크 규제론을 외치며 깊은 인상을 남겼던 게 이놈이었다는 걸.

"웃기는 놈이군."

서른도 안 된 풋내기한테 진한 연륜이 느껴졌다.

어려운 사람 앞에서도 주눅 든 기색 없이 할 말 다 하는 게 여간내기가 아니다. 이놈은 일반 팀장급의 수준을 한참이나 넘어서 있는 놈이다.

이유는 모르겠지만.

❂

[속보 - 국회에서 법안 재발의]

[세계 최초, 인앱 결제 금지법 시행되나?]

[여 · 야 법안에 큰 이견 없어]

시시각각 올라오는 기사가 축포를 터트리는 것 같다.

FTC에게 협조를 얻어 내자 국회는 바로 규제안을 본회의에 올렸다.

몸 사리기 바빴던 양당 의원들은 확성기를 들고 다니며 법안을 홍보했다.

–해당 법안은 '기회의 평등'이란 저희 여당의 국정 철학과 일맥상통합니다. 거대 시장을 독점한 플랫폼이 신생 기업들의 기회를 박탈하는 불행이 더 이상 반복되어선 안 됩니다. 아울러 다른 형식의 독과점은 없었는지 업계 전반을 검토하겠습니다.

–사태가 이 지경에 이르기까지 집권 여당은 무얼 했나 묻지 않을 수 없습니다. 이제 더 이상 시장 질서는 정부가 방관한다고 지켜지지 않습니다. 다가오는 4차산업 시대는 정부가 더욱 적극적으로 기회의 평등을 보장해야 합니다.

여야가 한목소리를 내자 언론사들도 기대감에 부풀어 후

속 보도를 쏟아 냈다.

[장기 체류 법안이 이렇게 진행되는 건 드문 일]

[막판에 부결될 가능성 아직 배제할 수 없어]

[관건은 미국. 물밑에서 합의됐나?]

분위기가 심상치 않게 돌아가자 외신들도 들썩였다.

『해당 소식은 한국 특파원 알랭 기자가 전합니다. 알랭?』

『예. 한국 국회입니다.』

『현재 그쪽 분위기는 어떻습니까?』

『많은 진통 끝에 한국 국회가 결국 인앱 결제 금지법을 발의했습니다. 현지 신문사들은 여야에 큰 이견이 없다 전하는데요. 사안이 사안인 만큼 오래 끌지 않을 것으로 전망합니다.』

-국회는 각성하라!

-스타트업들의 생존권 보장하라!

『리암 기자. 해당 법안은 우리 독일에도 없는 법안 아닙니까?』

『그렇습니다. EU에도 아직 없는 법안이죠. 평소 한국은 선제적으로 법안을 만드는 나라가 아니었기에 매우 이례적인

일이라 할 수 있습니다.』

『법안 특성상 국제사회에 미치는 영향 또한 대단할 텐데요.』

『네. 현재 한국에 발의된 인앱 금지법은 수수료 부과를 전면 금지하는 초강력 규제안입니다. 만약 통과되면 각국의 법안 발의에도 상당한 영향을 끼칠 것으로 전망됩니다.』

—인앱 수수료 30%! 피해 갈 업종이 없다!

—사이버 인플레이션!

『진짜로 통과될 가능성이 있는 겁니까?』

『다만 한국에선 입법 논의만 활발하다 결국 무산된 사례가 무척 많았습니다. 관건은 미국이죠. 자국 기업의 피해가 분명한 사안에 미국이 어떻게 반응할지는 아직 미지숩니다.』

『만약 미국이 비토(거부권) 할 경우엔?』

『한국은 외교 통상뿐 아니라 군사적으로도 미국과 밀접한 관계입니다. 미국에서 반대 의사를 표하면 한국에서 한발 물러설 가능성이 더 큽니다.』

하지만 그 우려를 단숨에 불식시키는 발표가 나왔다.

—세계 각국의 의사결정을 존중한다. 이제 더 이상 시장 질서는 정부

의 방관으로 이뤄지지 않는다. 한국에서 발의된 규제안은 여러 의미에서 시사점이 있는 법안이다.

연방거래위원회가 이례적으로 지지를 선언했기 때문이다.

—오 마이 갓! 그럼 한국이 미국도 설득했다는 거야?

FTC의 성명 발표 이후 외신들은 여의도 상황을 매일 속보로 방영했다.

한국에서 이 법이 통과된다면 이젠 자국에서도 통과될 것이다.

⊗

"얘기를…… 좀 나누고 싶어서 찾아왔습니다."

대세가 기울었다는 건 바로 확인할 수 있었다.

엉덩이 무겁기로 소문난 지사장이 임원단을 이끌고 공정위에 방문한 것이다.

사안이 사안인 만큼 위원장이 직접 나와 이들을 맞았다.

"말씀하시죠."

"저희의 욕심이 조금 과했던 부분이 있는 것 같군요. 서로 건설적인 얘기를 하며 합의점을 찾고 싶습니다."

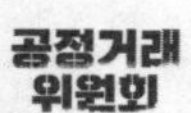

물에 빠진 생쥐처럼 수척해진 얼굴들이다.

믿어 의심치 않았던 미국도 손절했으니 절망스러울 것이다.

"나는 추상적인 말 잘 못 알아듣습니다. 구체적으로 원하는 걸 말씀하시죠."

"……일전에 발표한 인앱 수수료. 모두 철회하겠습니다."

하지만 이 모습에 속아 넘어가선 안 된다.

틈을 보여 주면 또다시 비수를 꽂을 놈들 아닌가.

"아무래도 한국에서 첫 사례를 쓴다는 게 많이 걸리는 모양이죠?"

"……."

"외신들이 주목하고 있는 법안인 만큼 국제사회에 미칠 파장이 크니까."

"그런 걸 계산해서 드리는 말씀이 아닙니다. 저희 내부에서 너무 급진적으로 진행했고, 착오도 많았어요. 국민들께 사죄 성명 내고 이에 대한 책임도 묻겠습니다."

위원장은 헛웃음이 나왔다.

모든 원흉은 자긴데 누구한테 책임을 묻겠다는 건가. 또다시 욕받이 대표에게 뒤집어씌우겠다는 뜻 아닌가.

"당연히 대표 및 사장단의 일괄 사퇴까지 발표할 겁니다. 아무쪼록 송구하게 됐습니다."

예상을 한 치도 벗어나지 않는 멘트다.

"이준철 팀장."

"예."

"스타트업 대표들이 고글 김현석 대표님을 뭐라 부른다고?"

"예?"

"말해 봐. 자네가 직접 면담 다녔잖아."

"……바지사장, 욕받이 사장이요."

"왜 그렇게 부르지?"

"권한은 없으면서 책임만 있는 자리라 들었습니다. 이번 수수료 문제도 모두 지사장의 지시일 것이라는 게 업계 공통된 진술이었습니다."

위원장님도 참 고약하시다.

자기가 직접 하고 싶은 말을 밑에 사람더러 시키다니.

하긴 이쪽은 체면을 유지해야 하는 자리지.

"그럼 옷 벗어야 할 사람은 따로 있겠구먼."

지사장 얼굴이 붉게 달아올랐다. 바지사장 김 대표는 아예 고개를 들지도 못했다.

국장님은 슬며시 웃으며 말을 이었다.

"우리가 이 법안을 통과시키기 위해 무얼 한 줄 아쇼? 미국까지 찾아가서 위원장을 설득하고 왔습니다. 근데 우리가 왜 그랬겠습니까."

"……."

"지금 우리가 법안 통과 안 시키면 결국 당신들은 나중에 수수료 올릴 테니까. 그래서 아예 법안으로 못 박아 둔 거요."

"아닙니다. 그건 약속드립니다."

"우린 더 이상 고글의 배려에 속지 않을 겁니다. 그리고 국회에서 논의되는 얘기는 못 막아요. 이거 다 입법조사처에서 만든 일인데."

위원장님이 일어나자 그도 냉큼 따라 일어났다.

"시장 생태계 하나만 생각해 주십쇼. 이건 장기적으로 봤을 때 앱 마켓 활성화를 막는 과한 규젭니다."

"글쎄요. 장기적으로 봐도 좋은 법안 같군요. 스타트업 대표들이 더 구속받지 않고 일을 할 수 있으니. 별개로 당신들이 말한 임원 사퇴는 지키시길 바랍니다."

"그, 그게 무슨!"

"당신들은 용서받을 수 없는 죄를 지었습니다. 이런 건 우리도 좀 본보기를 만들어야겠습니다."

독과점 규제에 대한 훌륭한 본보기가 될 것이다.

나중에 행시 문제에 출제해도 전혀 손색이 없을 만큼.

타협은? 당연히 없다. 놈들의 야욕을 다 확인했는데, 약속이 무슨 소용인가.

피도 눈물도 없어야 한다. 놈들이 그랬듯.

위원장은 자리를 뜨다 슬며시 말했다.

"아, 그리고 앞으로 지사장님께선 엉덩이가 좀 가벼워야 할 게요."

"……."

"한국 사람들도 물론 국회의원을 좋아하진 않지만, 그렇다고 국정감사까지 아무나 내밀어도 되는 건 아니요. 그건 국민들을 대표해 나가는 자리 아닙니까? 한국에서 사업하고 싶으면, 국민에 대한 최소한의 존중은 보여 주시오."

다음 권으로 이어집니다